스스로를 과용하지 말고
지금 당장 할 수 있는 작은 일을 찾아
움직이세요!

인생은 생각만 할 때가 아니라
행동할 때 즐겁게 시작합니다!

- 구 으리 드림 -

혹시, 돈 애기해도
될까요?

주언규 지음

혹시,
돈 얘기해도
될까요?

주언규 지음

필름

프롤로그

나는 성공이라는 게, 모든 과정이 완벽하고 아름다운 줄로만 알았다. 깔끔한 계획, 매끄러운 실행, 감동적인 결말. 하지만 현실은 전혀 그렇지 않았다.

성공의 진짜 모습은, 눈물범벅인 날들과 멍하게 아무 표정 없이 앉아있는 슬럼프의 연속이었다. 복잡한 소송과 힘겨운 협상, 서로를 챙겨주던 따뜻한 동료애가 있는가 하면, 한순간에 등을 돌리는 충격적인 배신도 있었다.

성공과 자축의 기쁨을 느낀 다음 날에는, 어김없이 누군가의 폭로로 온 팀이 흔들리고 혼란스러운 난장판이 벌어지기도 했다. 평화롭고 행복한 순간 바로 뒤엔 갑작스러운 위기와 우울감이 닥쳐왔다. 우리는 무시당하기도 하고 인정받기도 했으며, 어떤 날은 자존심을 내려놓고 자신을 숨기고 낮추는 법을 배워야 했다.

하지만 그 시간들이 있었기에 결국 스스로를 드러내고 확장할 수 있었다. 때로는 기습적으로 찾아오는 막막한 좌절감에 샤워기 아래에서 한참을 서 있기도 했다. 그토록 눈뜨기 싫은 아침이 있는가 하면, 설레고 긴장돼서 잠 못 이루는 새벽도 있었다.

걱정과 위로가 끊임없이 교차하는 나날 속에서, 결국 우리는 모든 것이 터지는 감격스러운 승리의 순간을 맞이했다. 그 모든 혼란과 눈물과 웃음과 극적인 반전들이 뒤섞인 이야기를, 어느 날 되돌아보며 웃으면서 말할 수 있을 것이다.

이제는 안다. 진짜 성공은 그렇게 복잡하고 지저분한 과정 끝에 찾아온다는 것을. 그래서 오늘 우리의 이 혼돈스럽고 힘겨운 이야기도 언젠가 누군가에게 해줄 멋진 얘깃거리가 될 수 있을 것이다.

차례

2장 슬럼프에서 빠져나오려면

3장 지금 오르막길을 버티는 사람에게

1장

내가 계속
돈 이야기를
하는 이유

돈을 좇지 말라는
부자들의 조언은 진짜일까

많은 사람들이 내게 조언했다.

"돈을 좇지 마라. 그러면 돈이 따라올 것이다."

나도 그 말을 믿었다. 경제방송국에 다니면서 경제 전문가들에게 물어볼 때마다 똑같은 대답을 들었다. 그래서 나는 모아둔 4천만 원을 창업에 쏟아부었다. 꿈을 좇으면 돈이 자연스럽게 따라올 거라고 믿었기 때문이다.

결과는 비참했다. 4천만 원을 다 날리고 빚까지 졌다. 그제야 깨달았다. 돈을 좇지 말라는 말은, 이미 돈이 많은 사람들이 하는 말이라는 걸. 젊은 사람들은 젊음을 과소평가하고, 부자는 돈을 과소평가한다. 가지고 있는 것을 당연하게 여기기 때문이다. 그들은 진심으로 말했지만, 그 조언이 나 같은 사람에겐 독이 됐다.

돈을 좇지 말라는 조언이 진짜인 건 맞다. 다만, 그 말을 들을 위치에 있는 사람에게만 해당된다. 돈이 풍족한 사람은 꿈을 좇아가고 싶어 한다. 하지만 아직 기반이 없는 사람은 돈을 좇아야 한다.

나는 그때 이후로 돈이 있는 길목을 찾기 시작했다. 마케팅을 배우고, 잘하는 사람들을 찾아가 한 수라도 더 배우려고 매달렸다. 그렇게 해서 겨우 돈을 벌기 시작했다.

사람들은 자신이 가진 강점을 모른다. 사우디아라비아는 석유를, 브라질은 커피를, 인도는 인구를 가졌다. 그런데 본인들은 그것을 대수롭지 않게 여긴다. 변호사들끼리는 변호사 자격증의 가치를 느끼지 못한다. 서울대에서 1등은 자랑이 안 된다. 다들 자기 강점을 과소평가한다.

남이 볼 때 그게 얼마나 귀한지 모른다. 나한테는 아무것도 아니지만 다른 사람한테는 특별한 것, 그것이 바로 내 무기다. 남의 떡이 커 보이는 건 착각이다. 진짜 싸워야 할 무기는 이미 내 손안에 있다.

그래서 결론은 간단하다. 남이 가진 특별해 보이는 것을 따라가려 하지 마라. 내게 있는 강점을 활용해서 승부해야 한다. 모두 남의 떡을 부러워하며 자신의 강점을 놓치는 것이다.

나는 이제 안다. 내게 특별해 보이지 않던 것들이 사실은 가장 강력한 무기였다는 걸. 돈을 좇지 말라는 말, 그 말은 맞다. 하지만 그걸 실천할 수 있는 위치가 될 때까지는 돈을 좇아야 한다. 젊음, 경험, 시간 혹은 그게 무엇이든 내가 가진 것을 무기로 삼아야 한다.

그리고 잊지 말아야 한다. 남들이 부러워할 만한

무언가를 이미 갖고 있다는 사실을.

스스로 부자가 될 수 있다

2016년, 렌탈 스튜디오를 운영할 때 나는 건물주 분에게 조심스럽게 물었던 적이 있다.

"부자가 되는 방법이 뭔가요?"

건물주는 잠시 고민하다가 별일 아니라는 듯 웃으며 말했다.

"사실 저는 물려받았어요. 물려받은 집이 재개발 되는 바람에 부자가 됐죠. 삼성엔지니어링에서 일하다가 이제 은퇴했고요."

나는 그 순간 마음속으로 깊은 좌절감을 느꼈다. 타고난 것이 없다면 결국 부자가 될 수 없다는 현실이 마음을 무겁게 짓눌렀다. 아무리 노력해도 타고난 사람을 이길 수 없다는 생각에 깊이 절망했다.

그러나 9년이 흐른 2025년의 지금, 나는 서울에 3채의 건물을 갖고 있다. 그때 그 건물주 분과는 딱 한 가지 다른 점이 있다.

나는 물려받은 것이 아니라, 내 손으로 만든 자산이라는 것이다.

부자가 되는 방법은 한 가지가 아니다. 누구는 타고났고, 누구는 물려받았겠지만, 또 다른 누군가는 나처럼 맨손으로 시작해 스스로 부자가 된다.

세상은 내가 가진 것보다, 내가 가지려고 마음먹은 순간부터 바뀌기 시작한다. 그때 그 절망의 질문이, 지금 생각하면 오히려 나에게 도전을 던진 셈이다.

지금 나는 단언할 수 있다.

"물려받지 않아도 스스로 부자가 될 수 있다."

내가 그 증거이기 때문이다.

50만 원과 30억 원의 차이

아마 당신도 한 번쯤은 생각해 봤을 것이다.

"내 인생을 바꾸려면 얼마가 있어야 할까?"

나도 그랬다. 직장 다닐 때는 단순히 5천만 원만 있으면 좀 여유가 생길 줄 알았다. 그런데 막상 4천만 원을 모으고 나서 알았다.

"아, 인생은 이렇게 안 바뀌는구나."

5천만 원을 모아도, 1억 원을 모아도, 별다른 건 없다. 서울 아파트 중위 가격이 10억 원이 넘는다는 사실을 떠올려 보라. 어제와 오늘의 삶이 다르지 않고, 인생은 여전히 똑같다.

경제적 자유를 말하려면 얼마가 필요할까? 만약 5% 수익률로 굴린다고 가정했을 때 월 1천만 원 정도를 손에 쥐기 위해서는 대략 30억 원이 필요하다. 그런데 문제는 30억 원을 모으는 게 보통 일이 아니라는 거다. 5천만 원 모으는 데도 몇 년 걸리는데, 30억 원이라니. 멀게만 느껴졌다. 그런데 어느 날, 내 인생을 완전히 바꿔놓는 사건이 생겼다.

50만 원.

쇼핑몰 운영하면서 우연히 유튜브 영상 하나가 터졌고, 예상치 못한 수익 50만 원이 생겼다. 남들은 "야, 아르바이트를 하는 게 더 낫겠다"라고 했지만, 나는 이걸 다르게 봤다. 이 50만 원은 단순한 50만 원이 아니었다. '시스템'이 생긴 거였다.

은행 이자처럼 고정된 돈이 아니라, 개선하면 늘어날 수 있는 구조. 트래픽이 늘면 매출이 늘고, 매출이 늘면 수익이 커진다. 성장성이 있는 돈이었다. 단순히 50만 원 벌었다는 게 중요한 게 아니다. 이 돈은 '수익률'과 '성장률'을 가진 돈이었다.

그걸 깨닫고 나서, 4개월 뒤에 기대 이상의 돈을 벌었다. 내가 시장을 바꾼 것도 아니다. 시장에 맞춰 상품을 바꿨을 뿐이다. 처음에는 꽃병을 팔았지만, 나중엔 쇼핑몰 창업 강의를 팔았다. 내 채널에 모인 사람들은 꽃병을 살 사람이 아니라, 쇼핑몰을 하고 싶은 사람들이었으니까.

여기서 깨달은 게 있다. 어떤 소득은 아무리 올라도 성장률이 없는 경우가 있다. 그냥 100에 100, 200에 200이 쌓이는 구조다. 더해지기만 하는 소득은 눈덩이처럼 불어나지 않는다. 하지만 시스템은 다르다. 수익률로 시작해 성장률로 폭발할 수 있다. 덧셈이 아니라 곱셈의 세계에 발을 들이는 것이다.

그 차이가 50만 원과 30억 원의 차이다. 결국, 인생을 바꾸려면 '얼마가 있어야 하느냐'는 질문보다, '어떤 시스템을 갖고 있느냐'가 더 중요한 질문이 된다.

능력 없이 성공하는 법

구독자 200만 명이 넘는 유명 유튜버와 함께 밥을 먹던 날, 그 친구가 웃으면서 진지하게 말했다.

"형님, 솔직히 미안한데 형님은 재능이 없어요."

그 말을 듣고 잠깐 멍해졌다. 순간적으로 가슴 한 편에서 묘한 서늘함이 밀려왔지만, 사실 나는 이미 잘 알고 있었다. 재능이 없다는 것. 누구보다도 스스로가 잘 알고 있었기에 그의 말이 틀렸다고 반박할 수도 없었다.

하지만 내가 성공하지 못할 이유는 전혀 되지 않았다. 나는 재능이 없다는 걸 깨닫고부터 오히려 더 간단한 방법을 택했다. 재능으로 이길 수 없다면, 그 저 끈기로 밀고 나가는 것이다.

뛰어난 사람과 경쟁해서 이길 수 없다면 최소한 그들과 같은 위치에 닿을 방법은 단 하나밖에 없었 다. 바로, 무조건 꾸준히 하는 것. 그것이 내가 선택 한 유일한 전략이었다.

피곤해도 그냥 한다.

재미없어도 그냥 한다.

하기 싫어도 그냥 한다.

사실 성공의 본질은 굉장히 단순하다. 누구나 시 작할 수는 있지만 끝까지 하는 사람은 거의 없다. 사 람들이 포기할 때 혼자서라도 계속하면, 재능이 없 어도 언젠가는 사람들 눈에 띄게 된다.

끝까지 하면 결국 재능 있는 사람들과 같은 자리 에 설 수 있다. 어쩌면 그들을 이기지는 못할지 몰라 도, 최소한 경쟁에서 완전히 뒤처지지는 않는다.

처음부터 탁월한 재능을 가진 사람을 이기려고

시작하지 마라. 다만 끝까지 버티면서 따라가면 어느 순간 그들과 '비벼볼 수 있는' 자리에 서 있는 자신을 발견하게 된다.

재능은 내가 선택할 수 없지만, 노력하고 버티는 것만큼은 내 의지로 선택할 수 있다. 그 작은 선택 하나가 재능 없는 나조차 여기까지 오게 만들었다.

뛰어난 사람과 경쟁해서
이길 수 없다면
최소한 그들과
같은 위치에 닿을 방법은
단 하나밖에 없었다.
바로, 무조건 꾸준히 하는 것.
그것이 내가 선택한
유일한 전략이었다.

피곤해도 그냥 한다.
재미없어도 그냥 한다.
하기 싫어도 그냥 한다.

짜증이 반복되면 삶이 곪는다

인생이 망가지는 건 큰 사건 때문이 아니다. 일상에서의 작은 짜증이 쌓이고 쌓여 결국 무너지는 것이다. 때와 장소를 가리지 않고 짜증이 날 이유만 찾아서 하루 종일 인상을 찌푸리고 있다.

회사를 다닐 땐 가족 문제 때문에 짜증을 내고, 집에 돌아오면 회사 일 때문에 짜증을 낸다. 주중엔 주말이 빨리 오지 않는다고 짜증을 내고, 주말이 되면 월요일이 온다는 사실 때문에 또 짜증을 낸다.

팀원일 때는 팀장이 무능하고 답답해서 짜증을 내지만, 정작 팀장이 되면 팀원들이 제대로 따라오지 않는다고 또 짜증을 낸다. 이렇게 반복하면 내 삶의 어느 순간에도 도저히 행복하거나 만족스러운 때가 없다. 인생의 모든 순간이 짜증과 스트레스로만 가득 차게 된다.

짜증은 습관이다. 기분 나빠질 부분만 계속 찾아서 시도 때도 없이 지금 할 수 없는 것만 머릿속에 담고 다닌다. 사소한 일에서도 습관적으로 짜증을 내게 되고, 결국 그것이 인생을 망친다.

삶을 제대로 살고 싶다면, 지금 당장 이 악순환을 끊어야 한다. 회사에선 회사만, 가정에선 가정만 생각하라. 당장 할 수 있는 부분에 집중해라. 주중에는 주중 일과에, 주말에는 주말 일과에 집중하고, 지금 현재의 상황만 바라보라.

작은 짜증 하나라도 생기면 바로 끊어내라. 그 작은 습관 하나가 당신을 구할 수도 있다.

언제까지 남과 비교하며 살 텐가

매일 앓는 소리를 하며 살아가는 사람들에게는 공통된 특징이 있다. 바로 끊임없이 자신을 다른 사람과 비교한다는 점이다. 그런데 더 심각한 문제는, 자신과 비교하는 대상이 하나가 아니라는 점이다.

이들은 자신을 초보자의 빠른 성장과 비교하고, 숙련자의 높은 성취와도 비교하며, 심지어 이미 충분한 것을 다 이루고 은퇴한 사람들의 여유로움과도 비교한다. 결국 이들은 늘 부족하고 뒤처진 사람이 될 수밖에 없다.

이런 사람들은 자신의 위치와 상황을 절대 제대

로 보지 못한다. 예를 들어 어떤 일을 막 시작한 사람은 당연히 빠르게 성장한다. 하지만 그와 자신을 비교하면 자신이 상대적으로 성장하지 못하는 것 같아 괴롭다.

숙련된 사람은 이미 오랜 경험과 많은 노력을 통해 높은 위치에 올라 있는데, 그들과 자신을 비교하면 마치 자신만 아무것도 이루지 못한 것처럼 느껴진다. 그리고 모든 일을 마치고 편안하게 은퇴한 사람의 삶을 보면서는 자신에게 여유가 없다고 불만을 품는다.

이렇게 매 순간 자신보다 더 뛰어난 사람만 골라서 비교하면, 당연히 인생은 매일 불행할 수밖에 없다. 이런 식으로 끊임없이 스스로에게 부족함만을 부각시키면, 하루하루가 불만족스럽고 괴로워진다.

이런 사람들의 특징은 매일 앓는 소리를 하면서도 절대 상황을 개선하지 않는다는 것이다. 왜냐하면 비교하는 기준이 잘못되어 있어서, 스스로 문제를 해결할 생각조차 하지 못하기 때문이다.

하지만 현실에서 행복과 성취감을 느끼는 사람들은 자신을 비교하는 대상이 다르다. 그들은 타인과의 비교보다는 어제의 자신과 오늘의 자신을 비교한다.

내 과거와 현재를 비교하며 얼마나 성장했는지 돌아보고, 스스로의 발전을 확인하는 것이다. 이렇게 하면 불필요한 고통이나 자기 비하 없이, 현실적이고 긍정적인 에너지로 하루를 채울 수 있다.

그러니 인생을 바꾸고 싶다면 비교의 대상을 정확히 설정해야 한다. 다른 사람이 아니라 어제의 나와 오늘의 나를 비교해야 한다. 그러면 스스로가 얼마나 나아졌는지 눈에 보이고, 자연스럽게 앓는 소리도 줄어든다.

누구와 비교하는지가 곧 인생의 만족감을 결정한다. 매일 불평하는 삶을 원하지 않는다면, 비교의 기준부터 바꿔야 한다. 그것이 바로 인생을 더 건강하고 행복하게 만드는 첫 번째 원칙이다.

실패도 자산이다

　과거의 나는 실패할 때마다 매번 모든 걸 리셋했다. 이전의 경험과 관계없이, 아예 완전히 새로운 분야에서 다시 시작하려고 했다. 그것이 깨끗하고 현명한 방법이라고 믿었다. 그래서 유튜브를 처음 시작했을 때도 마찬가지였다. 육아, 홈카페, 게임, 요리처럼 지금까지 전혀 해본 적 없는 완전히 낯선 분야의 콘텐츠를 만들었다.

　결과는 처참했다. 모두 실패했다. 결국 아무것도 제대로 이루지 못하고 제자리에서 계속 맴돌 뿐이었다. 그러다 깨달았다. 내가 조직 생활에 적응하지 못해 회사를 나왔지만, 그곳에서 얻었던 경험이나 지식이 모두 쓸모없는 것은 아니었다. 그래서 새로 뭔가를 시작할 때, 과거의 경력이나 경험을 완전히 버리지 않고 그중에서도 아직 쓸 만한 부분만 골라 활용하기로 했다.

그리고 이 방식으로 시작한 것이 바로 경제 콘텐츠였다. 나는 경제 분야를 원래 하던 사람도 아니고, 경제학 전공자도 아니었다. 하지만 조직에서 겪었던 경험과, 그동안의 사회생활을 하며 쌓인 감각들을 활용해 콘텐츠를 만들었다. 신기하게도, 그때부터 사람들이 내 콘텐츠를 보기 시작했고, 내 채널은 점점 성장했다.

실패했을 때 모든 걸 다 지워버리고 완전히 새로운 분야에서 다시 시작하는 건, 맨땅에 헤딩하는 것과 같다. 그렇게 하면 결국 인생에서 쌓이는 게 없다. 하지만 실패했더라도 그 속에서 여전히 쓸 만한 부분만 추려서 사용하면, 이미 약간의 기반을 가진 상태에서 출발하게 된다.

맨땅보다는 작지만 분명한 기반 위에서 다시 시작하는 것이 훨씬 현명하다. 이 방식을 깨달은 순간부터, 실패는 더 이상 내 인생의 리셋 버튼이 아니라, 축적이 되는 계기가 되었다. 실패를 하더라도 이전의 경험과 자산 중에서 멀쩡한 것만 골라내서 활용하는 방식으로 접근하자. 실패할 때마다 오히려 내 인생의 깊이가 더해지는 느낌이 들 것이다.

후회를 실패로 두지 마세요

후회에 대한 콘텐츠를 제작하면서 많은 사람들을 만나 인터뷰를 시도했다. 그 과정에서 정말 흥미로운 사실을 발견했다. 성공한 사람이든, 실패한 사람이든 모두 후회한다는 점이다.

그런데 후회하는 지점이 완전히 다르다. 성공한 사람들은 대부분 과정을 후회하는 경향이 있었다. 그들은 더 좋은 결과를 얻지 못한 과정을 아쉬워한다.

"그때 좀 더 잘했으면 어땠을까?"

"조금 더 빠르게 할 수 있었는데…"

반면, 실패하는 사람들은 아예 시작한 것 자체를 후회했다. 자신이 시도한 것 자체를 원망하는 것이다.

"애초에 시작하지 않았으면 좋았을 텐데."

"왜 그걸 하겠다고 덤볐을까?"

성공과 실패를 결정짓는 건 바로 이 후회를 어떻게 다루는지에 있었다. 성공한 사람들은 후회를 복기의 계기로 삼았다. 자신이 했던 행동을 되돌아보며, 다음번에 비슷한 상황이 닥쳤을 때 어떻게 더 나은 반응을 보일지 고민한다. 이런 사람들은 똑같은 상황에서 같은 실수를 반복하지 않고, 결국 더 좋은 선택을 하게 되면서 성공의 가능성을 높인다.

하지만 실패하는 사람들은 시작 자체를 후회하기 때문에 복기를 하지 않는다. 이 사람들은 애초에 시도 자체가 잘못이라고 결론짓는다. 그래서 앞으로 비슷한 상황이 왔을 때, 아예 아무것도 하지 않는 선택을 하게 된다. 아무것도 하지 않으니, 결국 다음 기회마저도 잡을 수 없게 된다.

한마디로 후회 자체는 누구나 하지만, 그 후회를 대하는 방식에서 결과가 갈린다. 후회가 찾아오면 그것을 피하지 말고 철저히 복기하라. 그때의 상황과 감정을 되짚어 보면서, 다시는 같은 실수를 반복하지 않도록 하는 것이다. 과정을 제대로 복기를 하는 순간 후회는 실패가 아니라 성장이 된다.

남의 말은 내 인생을
책임져주지 않는다

서른 전에 이것을 깨닫는다면 진짜 행운이다. 나는 이걸 너무 늦게 알았다. 서른 전에만 알았더라도 지금보다 훨씬 더 나은 인생을 살고 있을 것이다. 사람들은 이렇게 말한다.

"너무 조급해하지 마라."

"급하게 살아서 뭐 하냐? 천천히 쉬어도 된다."

이런 말은 듣기 좋고, 듣는 순간 마음이 편안해진다. 하지만 이런 말을 쉽게 믿어선 안 된다. 현실이 여유로운 사람이 이런 말을 하는 건 괜찮다. 하지만 지금 내 현실이 급한데, 괜찮다고만 하면 큰일 난다.

그 말 듣고 시간을 흘려보내다가는, 어느 순간 돌이킬 수 없는 상황까지 가버린다.

　내 인생이 정말 망가지고, 다시 돌이킬 수 없는 상황까지 와보면 알게 된다. 그렇게 쉬라고 말했던 사람들 중 단 한 명도 내 인생을 책임져 주지 않는다는 것을. 오히려 그들은 철저히 자기 인생만 챙기고, 내 인생이 망가져도 아무 상관하지 않는다. 남에게 해주는 말은 그냥 편안하고, 듣기 좋게 만들어진 말일 뿐이다.

　정말 중요한 건 내 현실이다. 내 상황이 절박하고 급하다면 절대 편한 말에 속아 넘어가서는 안 된다. 주변에서 아무리 괜찮다고 위로하며 쉬라고 말해도, 결국 내 현실을 책임져야 할 사람은 나뿐이다. 남들의 괜찮다는 말에 마음 놓았다가는 어느 순간 돌이킬 수 없는 곳까지 추락하게 된다.

　내 현실을 냉정하게 직시해야 한다. 상황이 급하면 급한 대로 살아야 한다. 힘들어도 지금은 견뎌야 한다. 서른 전에 이걸 깨닫는다면 인생의 방향이 완전히 달라진다. 현실을 제대로 바라보고 냉정하게 대응하는 것이 결국 진짜 인생을 지키는 방법이다.

회사를 그만둘 용기가 아니라
능력을 가지세요

회사나 조직에서 무시당하고 있다고 느낄 때, 절대 감정적으로 바로 그만두지 말아야 한다. 감정에 휩쓸려 회사를 그만두고 나서 후회하는 사람들이 매우 많다. 그 순간의 감정은 시원할지 몰라도, 현실적인 문제들이 곧바로 밀려오기 때문이다. 그래서 무작정 그만두기보다는 철저히 다음 단계를 준비하는 것이 현명하다.

준비는 '회사를 언제든지 그만둘 수 있는 상태'로 만드는 것이다. 즉, 회사를 떠나도 바로 다음 일자리나 사업, 혹은 다른 활동을 시작할 수 있을 정도로 자신을 미리 갖추는 것이다. 이 준비에는 재정적 준비, 새로운 기술이나 능력 습득, 명확한 이직 계획 등이 포함된다. 그런 준비를 하게 되면 자연스럽게 자신감이 생기고, 이전과는 완전히 다른 바이브가 나온다.

흥미롭게도 이렇게 확실한 준비가 된 사람에게는 조직 내에서 함부로 대하거나 무시하는 일이 현저히 줄어든다. 준비가 잘 된 사람은 아무 말 없이 있어도 존재감과 여유가 느껴지기 때문에, 주변 사람들도 쉽게 무시하거나 함부로 대할 수 없게 된다.

또한, 준비된 상태에서는 상대방의 말과 태도가 자신에게 크게 영향을 주지 않는다. 이미 떠날 준비가 된 사람이기 때문에, 남들의 평가나 무례한 태도가 별것 아니게 느껴지는 것이다.

이렇게 준비된 상태는 단지 회사를 떠날 가능성을 높이는 것이 아니다. 오히려 지금 있는 조직에서도 더 나은 대우를 받게 될 가능성이 높아진다.

회사에서 무시당하는 이유 중 하나는 '저 사람은 어차피 여기서 나갈 용기도 없고, 능력도 없을 것'이라는 생각 때문이다. 하지만 스스로 준비가 철저한 사람의 자신감과 여유가 느껴지면, 더 이상 쉽게 무시하지 못하게 된다.

그래서 조직에서 무시당하고 있다는 생각이 들 때, 가장 먼저 해야 할 일은 바로 회사를 떠날 수 있는 완벽한 준비를 하는 것이다. 무작정 그만두지 말고, 치밀하게 자신을 준비한 뒤에 결정해야 한다. 그러면 그때부터 모든 것이 달라지기 시작할 것이다.

가난이 무서워지는 나이

젊었을 때는 가난조차도 로맨틱하게 보일 때가 있다. 특히 20대 초반이라면 고시원에서 라면으로 끼니를 때우고, 좁은 방에서 책을 보며 꿈을 꾸는 모습이 오히려 매력적으로 보일 수도 있다. 그 시절엔 가난도 도전이고, 낭만이며, 아름다운 청춘의 한 장면이 된다.

하지만 같은 모습이 나이 들어서도 이어진다면 어떨까? 현실적인 얘기를 하자면, 60대에 고시원에서 산다는 건 결코 낭만이 될 수 없다. 오히려 불안과 두려움, 그리고 외로움이 가득한 삶일 가능성이 높다. 나이가 들면서 가장 뼈저리게 느끼는 사실은, 가난이 젊었을 때와 나이가 들었을 때 완전히 다른 무게로 다가온다는 것이다.

나도 20대에는 가난이 전혀 두렵지 않았다. 그러나 40대에 들어서고, 주변의 친한 선배들이 하나둘씩 은퇴하고 60대가 되는 모습을 보면서, 그분들이 실제 어떤 생활을 하는지 가까이서 지켜보면서 생각이 완전히 바뀌었다.

젊을 때의 가난은 잠시 머무는 상태일 수 있지만, 나이 든 이후의 가난은 현실적으로 더 이상 벗어나기 어려운 덫이 될 수 있다. 이때부터는 가난이 무섭게 느껴지는 것이 당연하다.

한국 사회가 보여주는 현실은 우리가 생각하는 것만큼 그렇게 낭만적이거나 아름답지 않다. 젊음과 시간이 있다는 이유로 무작정 '가난해도 괜찮아'라는 생각으로 지내기보다는, 지금부터라도 현실을 분명하게 직시하고 미래를 준비하는 것이 중요하다. 젊은 날의 가난은 아름다운 도전일지 몰라도, 나이 든 후의 가난은 절대 낭만이 될 수 없다.

지금 내 이야기가 불편하게 느껴질 수도 있다. 그러나 이 이야기는 결코 기분 나쁘게 하려는 것이 아니다. 오히려 현실을 제대로 바라보고, 미리 준비해서 미래의 불안을 조금이라도 줄이자는 진심 어린 조언이다.

시간이 지나 40대, 50대가 되어 주변 사람들의 모습을 보면, 분명히 지금과는 다른 눈으로 현실을 바라보게 될 것이다. 그때 가서 후회하지 않으려면 지금부터라도 현실적이고 냉정하게 미래를 준비해야 한다. 그것이 가난의 진짜 무서움을 피하는 가장 확실한 방법이다.

자신의 삶을 책임지는 어른

성공하는 데 부모님의 도움이 있는 사람은 분명히 엄청난 이점을 가지고 있다. 젊었을 때는 그 사실이 정말 부러웠고, 내 인생이 이렇게 힘든 게 부모님의 탓이라고 생각하기도 했다.

10대에서 20대까지, 많게 봐줘도 30대 초반까지는 그럴 수 있다고 생각한다. 아직 세상에 대해 충분히 모르고, 부모님의 영향에서 완전히 벗어나지 못했기 때문이다.

하지만 이제 40살이 넘었는데도 여전히 부모님 탓을 하고 있다면, 심각한 문제가 있다. 부모님은 이미 나를 도와줄 수도 없는 연세가 되어버렸다. 이제 와서 부모님 탓을 해봤자 아무것도 바뀌지 않는다. 부모님도 결국 나를 키우느라 그 시절 최선을 다했다는 걸, 이제는 우리가 더 잘 알지 않은가?

지금 내 인생이 만족스럽지 않다고 여전히 누구 탓을 하려고 힐끗거린다면, 그건 정말 안타까운 일이다.

어느새 나도 부모가 되어버린 나이에, 아직도 누군가를 탓하고만 있다면 내 아이들도 똑같이 그 모습을 배우게 될 것이다.

이제는 나 스스로 책임져야 할 때다. 더 이상 부모님을 탓하지 말고, 누구의 탓도 하지 말고, 지금부터는 내 인생을 오로지 나 자신의 책임으로 받아들여야 한다.

힘듦의 이유를 부모님 때문이라고 생각하지 말고, 이제는 한번 나 자신에게서 찾아보자. 부모님이 내 인생의 출발점이었다면, 결승선까지 책임지는 건

나의 몫이다. 이걸 깨닫는 순간부터 진짜 인생의 변
화가 시작된다.

힘듦의 이유를
부모님 때문이라고
생각하지 말고,
이제는 한번
나 자신에게서
찾아보자.

부모님이
내 인생의 출발점이었다면,
결승선까지 책임지는 건
나의 몫이다.

이걸 깨닫는 순간부터
진짜 인생의 변화가 시작된다.

주변에서 그게 되겠냐고 한다면

살면서 절대로 무시해야 할 사람들이 있다. 바로 '대안 없이 부정적인 말만 하는 사람'이다. 세상 모든 일은 어렵다. 쉬운 일이 어디 있겠는가?

누구나 무언가를 시작할 때는 어려움과 불안함을 이미 충분히 안고 출발한다. 그런데 문제는 주변에서 이렇게 말하는 사람들이다.

"그거 안 될 텐데?"

"너 그거 너무 어려울걸?"

"괜히 시간 낭비 아니야?"

이런 말을 들으면 마음이 흔들린다. 하지만 잘 생

각해 보면, 그 사람들은 늘 "안 된다"는 말만 할 뿐, 정작 제대로 된 대안을 제시하지 않는다.

예를 들어 보자. 당신이 새롭게 화장품 사업을 하려고 할 때, "그거 지금 시장 포화 상태야, 망할걸?" 이라고 말하는 사람이 있다. 그때 그 사람에게 반드시 물어봐야 한다.

"그럼 대안은 뭐죠?"

아마 그는 아무 말도 하지 못할 것이다. 이렇게 부정적인 말을 하는 사람들은 대부분 대안이 없다. 그저 자신도 못 하니까 남들도 못 하길 바랄 뿐이다. 예를 하나 더 들어 보자.

당신이 새로운 공부나 투자를 시작한다고 했을 때, "그거 언제 해서 성공하냐, 내일 당장 죽을 수도 있는데…"라고 말하는 사람이 있다. 이런 사람에게는 다시 물어봐야 한다.

"그럼 내가 죽지 않으면 뭘 해야 하는데요?"

역시 아무런 대답이 없다. 결국 이런 사람들의 말

은 듣지 않아도 된다. 그저 부정적인 말로 나의 행동을 막으려는 것뿐이다. 현실에서 무엇이든 하려는 사람은 이미 충분히 힘들고 어렵다는 것을 잘 알고 있다.

진짜 도움이 되는 사람은 부정적인 의견을 내놓는 사람이 아니라, 현실적인 대안을 제시하는 사람이다. 대안 없이 비판만 하는 사람을 무조건 무시해야 한다. 그런 사람에게 흔들리지 않아야만, 비로소 원하는 방향으로 성공할 수 있다.

가난의 늪에서 빠져나오는 방법

우리는 부자가 되는 사이클과 가난해지는 사이클, 두 가지 삶의 흐름 중 하나를 탄다. 이 차이는 단순하다.

실행하느냐, 실행하지 않느냐.

많은 사람들은 목표를 세우고도 행동하지 않는다. 이유는 명확하다. 확신이 없기 때문이다. 확신이 없으니 실행이 안 되고, 실행이 안 되니 결과가 없고, 결과가 없으니 확신도 생기지 않는다. 이렇게 사람들은 잘못된 굴레에 빠져 스스로를 가난 속에 가둔다.

나는 이 악순환을 끊는 방법을 세 가지 정도 생각해 봤다. 첫째, 자신을 속이는 것이다. 아무런 근거가 없어도 내가 할 수 있다고 믿는 것이다. 그렇게 거짓 확신이라도 가지면 작게나마 움직일 수 있다. 작게 움직이면 아주 작더라도 결과가 생기고, 그 결과는 실제 확신으로 이어진다. 자신의 목표가 있으면 종이에 써서 책상 앞에 붙여두자. 근거는 없지만, 할 수 있다는 믿음이 하루의 행동을 만들고 결국 그 사람이 원하는 미래를 현실로 바꾼다.

둘째는 남의 결과에서 확신을 빌려오는 방식이다. 예를 들어 어떤 사람이 월 1천만 원을 버는 과정을 낱낱이 분석해 보는 것이다. 그 사람이 무엇을 어떻게 했는지, 어디서 어떤 선택을 했는지를 파고든다. 이걸 단순히 '성공 스토리'로 소비하지 말고, 실제 전략으로 삼는 것이다. 나는 아직 결과가 없지만, 남의 결과를 내 미래처럼 믿고 실행으로 옮기면, 그 결과는 언젠가 내 것이 된다.

셋째는 성공해도 후회할 만큼 작은 실행을 해보는 것이다. 예를 들어, SNS를 시작하겠다는 사람이 있다. 그런데 매번 글을 쓰지 못한다. 그럴 땐 하루에 한 줄만 써보는 것이다.

"오늘 날씨가 맑아서 밖으로 나가 산책을 했다."

읽는 사람이 한 명도 없을 수 있지만, 써본 사람만이 아는 성취가 생긴다. 그 작은 행동이 결국 방향을 바꾸고, 인생을 바꾼다.

이 세 가지 방식 중 하나라도 써서 실행 사이클에 들어가지 못하면, 당신은 자동으로 '가난의 사이클'에 들어간다. 이 사이클은 불신, 주저함, 정체로 이루어져 있다. 불신이 생기고, 주저하게 되고, 결국 아무 결과도 없이 시간이 흘러간다. 이 상태에서는 아무리 좋은 아이디어가 있어도 아무 일도 벌어지지 않는다. 중요한 건 생각이 아니라, 행동이다.

시간은 흐른다. 10년 전을 떠올려 보자. 2015년, 당신은 어디 있었고 무엇을 했는가? 그때 작은 실행을 시작했더라면, 지금쯤 얼마나 다른 인생을 살고 있을까? 부자가 되는 사이클을 타려면 늦기 전에 들어가야 한다. 어떤 형태로든, 무엇이든 해보는 것이 유일한 출구이다. 실패해도 된다. 하지만 시작하지 않으면 끝도 없다. 당신이 변화를 원한다면, 지금 당장 실행해라. 확신은 실행의 결과로 따라오는 것이다.

2장

슬럼프에서
빠져나오려면

인생의 밑바닥에서 나를 지켜주는 것

실패를 겪었을 때 우리를 진짜 지켜주는 건 결국 딱 두 가지이다.

돈과 건강.

나는 예전에 큰 실패를 겪었고, 그때는 위로나 동정이 큰 힘이 될 줄 알았다. 그런데 결국 나를 다시 세운 건 내 통장에 남은 얼마 안 되는 돈과, 무너지지 않은 체력이었다.

사람은 망했을 때가 진짜다. 그때 남아 있는 게 진짜 자기 자신이다. "어차피 망했으니까" 하면서 남은 돈을 다 써버리면 끝이다. 돈은 단지 숫자가 아니라,

다시 일어설 수 있는 발판이다. 건강도 마찬가지이다. 운동을 열심히 하는 게 아니라, 규칙적인 생활을 유지하고 식습관을 챙기는 것만으로도 내 멘탈이 무너지지 않게 버팀목이 되어준다.

힘들다고 사람들한테 하소연하기 시작하면 관계도 무너진다. 인간은 관계가 없는 고통에 대해서는 무감각하다. 내 손톱이 찢어진 게, 전 세계 어디에서 누가 죽는 일보다 더 중요하게 느껴지는 게 현실이다.

위로나 동정에 의지해서는 절대 못 일어난다. 도와주는 사람이 있다면 감사한 일이지만, 절대 당연한 게 아니다. 대부분의 사람은 나락에 빠진 사람과의 관계를 끊고 싶어 한다. 불행은 전염된다고 느끼기 때문이다.

그러니 결국 혼자 일어나야 한다. 몸부터 챙기고, 돈부터 지키고, 삶을 다시 정리해야 한다. 조언은 아무에게나 구하는 게 아니다. 내 삶을 진지하게 고민해줄 수 있는 사람은 생각보다 많지 않다.

실패했을 때, 가장 먼저 해야 할 일은 '누구의 도움을 받을까'가 아니라 '내가 시금 가진 것 중에 뭘 지킬 수 있을까'를 생각하는 것이다. 돈과 건강. 이 두 가지는 실패 속에서도 내가 다시 시작할 수 있는 유일한 자산이다.

부정적 감정은
이겨내야 하는 적이 아니다

쉬면 괜찮아진다면서, 지금 정말 괜찮은가? 하루, 이틀, 일주일, 한 달, 몇 년을 쉬었는데도 여전히 마음이 무겁지 않은가? 쉬었지만 하루가 시원하지 않고, 오히려 답답한 감정이 쌓일 때가 있다.

쉴수록 마음은 더 무거워지고, 불안은 점점 커져간다. 혹시 '쉰다'는 말을 핑계 삼아 도망치고 있는 건 아닐까? 남들의 괜찮다는 말만 믿고, 정작 괜찮지 않은 현실을 모른 척하고 있는 건 아닐까?

몸은 멈췄는데 마음은 계속 돌아간다면, 할 일이 없는 게 아니라 있는데 하지 않고 있는 것이다. 그걸 모르는 게 아니라 알고도 피하고 있는 것이다. 그 상태는 '쉬는 중'이 아니라 자책감 사이에 끼어 있는 정지 상태다.

그때는 알아야 한다. 쉰다고 달라지는 건 없다는 것. 남 탓을 모두 지우고 나면, 결국 이 무기력은 내가 선택한 결과라는 걸 마주하게 된다. 그 사실을 외면하면, 불안은 자기비하로 이어지고 생각에 점점 갇히게 된다.

나는 예전에 사업을 접고, 인생이 크게 흔들렸을 때 누워서 악플 4만 개를 찾아다니며 다 읽었다. 무시하려 해도 결국은 다 보게 됐다. 자책감, 무력감, 불안함이 한 덩어리처럼 얽혔다.

그때 알았다. 감정은 무시할수록 커진다는 걸. 감정은 없애야 할 게 아니라, 내 상태를 점검하게 해주는 신호였다. 감정을 가이드로 활용할 때는 세 가지 단계가 필요하다.

첫째, 감정을 없애려 하지 말고 관찰하고 말을 걸

어라. 그 감정이 더 커지는 행동은 멈추고, 줄어드는 행동은 계속해야 한다. 나는 그때 수영을 했다. 물 속에 있는 동안은 휴대폰도 없고, 소리도 끊겼다. 그 시간만큼은 불안도, 자책도, 쉴 새 없이 돌아가는 생각도 멈췄다.

핵심은 내 마음에 잠깐 정지를 걸 수 있는 시간을 찾았다는 것이다. 그러면 감정은 점점 작아지고, 결국은 나를 돕는 방향으로 움직인다.

둘째, '아무것도 하기 싫다'는 감정 속에서 진짜 하기 싫은 것과 하고 싶은 것을 분리해 보는 것이다. 사실 아무것도 하고 싶지 않다는 말은 실제로 모든 걸 하기 싫다는 뜻이 아니다. 그 말 안에는 단순히 기운이 없거나, 설명할 의욕이 없는 상태가 섞여 있다.

그래서 이 감정을 하나로 뭉뚱그리지 말고, 분해 해서 봐야 한다. 분명 해야 할 것도 있고, 하고 싶은 것도 있다. 단지 지금 그걸 구분하지 않고 있을 뿐이다.

셋째, '작은 확실함'을 쌓는 것이다. 당장 회사 그만두고, 한순간에 아는 인연 다 끊겠다는 소리 하지 마라. 지금 당신이 해야 할 건 인생을 뒤집는 결심이 아니다. 천만 원을 벌겠다는 목표도 아니다.

작고, 확실하고, 내가 할 수 있는 걸 하는 거다. 예를 들어, 지금 씻는 게 힘들면 욕실까지 가는 것이라도 해야 한다.

지금 내가 감당할 수 있는 현실 안의 선택을 해야 한다. 욕구와 현실의 방향을 맞추는 게 중요하다. 사소해 보여도, 하고 싶은 일을 잠깐이라도 하면 감정이 줄어드는 걸 느낄 수 있다. 욕구와 현실이 충돌하면 피로와 무기력만 쌓인다.

욕구와 현실을 일치시키는 게 생각보다 어려운 것은 맞다. 그래서 작은 것부터 해야 한다. 내가 진짜로 할 수 있는 것부터. 그걸 하면 어떤 일이 벌어지는지 아는가?

생각보다 강한 감정이 하나 내려간다. 그 무거운 덩어리가 살짝 줄어든다. 그 순간, '나 아직 할 수 있는 사람이구나'라는 감각이 생긴다.

이건 말로 되는 게 아니다. 확언을 천 번 해도 이 감각은 안 생긴다. 행동해서 성취를 느껴야 생기는 감각이다. 그리고 그게 에너지 회복의 시작이다. 누워 있는 것보다, 훨씬 낫다.

나도 예전에 인생 전체가 흔들렸을 때 그냥 계속 누워 있었다. 그걸 벗어나려고 노력해서 여기까지 왔다. 누구에게나 생길 수 있는 일이다.

작은 일을 성취하고 나면 더 어려운 일도 해볼 마음이 생긴다. 이 연습이 반복되면 욕구와 현실을 맞추는 힘이 생긴다. 앞에서 말한 감정, 그 답답함이 사실 이것을 알려주는 신호였다.

몸은 멈췄는데
마음은 계속 돌아간다면,
할 일이 없는 게 아니라
있는데 하지 않고
있는 것이다.
그걸 모르는 게 아니라
알고도 피하고 있는 것이다.

그 상태는
'쉬는 중'이 아니라
자책감 사이에 끼어 있는
정지 상태다.

하루아침에 매출 5억 원이
0원이 됐을 때

나는 하루아침에 매출 5억 원이 사라지는 경험을 했다. 악플은 4만 개가 넘게 달렸고, 아는 사람들의 인스타그램에도 나 때문에 악플이 퍼졌다. 광고 계약은 줄줄이 해지되고, 환불 요청만 10억 원이 넘게 쏟아졌다. 동시에 세무조사까지 시작됐다. 직원들에게 월급 주기도 버거운 상황이었다. 결국 건물 두 채를 팔아 현금을 마련했고, 와이프에게는 "이사 갈 준비를 하자"라고 했다. 각종 매체에서는 인터뷰 요청이 쏟아졌다. 모든 게 끝난 것 같았다.

그런 상황에서 나를 지탱해준 건 세 가지 원칙이

었다.

첫 번째, 주변 사람에게 의지하지 않는다. 60일 동안 외부 연락을 끊었다. 그랬더니 진짜 친구와 가짜 친구가 명확하게 구별됐다. 연락이 끊기자 "너 뭐라도 되는 줄 알아?"라며 비난하는 사람과, "요즘 무슨 일 있냐?"라고 걱정하는 사람으로 나뉘었다. 이 과정을 거치면서 나는 깨달았다. 내 가치는 남이 정해주는 게 아니라, 내가 스스로 정하는 것이다. 의례적인 응원도, 악플도 결국 별다른 영향이 없다는 걸 알았다. 무의미한 인맥도 정리했고, 뛰어난 사람들과의 억지 관계도 끊었다. 나는 내 속도를 지키는 게 더 중요했다. 상대방의 평가로 나를 확인하는 습관을 버렸다. 나의 가치를 스스로 정하는 훈련이 됐다.

두 번째, 직진한다. 모든 걸 포기하고 싶었다. 도망치고 싶었고, 그냥 다 내려놓고 싶었다. 하지만 그때 알았다. 포기하는 게 가장 쉬운 길이라는 걸. 버티고 매달리는 것이야말로 진짜 어려운 일이라는 걸. 그래서 직진하기로 했다. 복잡한 감정이나 자잘한 핑계들을 무시하고, 무조건 앞으로 나아갔다. 회사를 살리는 게 목표였다. 쓸데없는 걱정은 다 무시했다. 하기 싫어도 억지로 발걸음을 옮겼다. 성장이라는 건, 그렇게 '하기 싫을 때' 만들어진다는 걸 몸으로 배웠다.

세 번째, 멀티태스킹을 제대로 활용한다. 원래는 멀티태스킹을 부정적으로 생각했다. 하지만 시간이 없을 때는 다르게 접근해야 했다. 단순 반복 업무와 고민이 필요한 업무를 구분했다. 출퇴근 시간에 시장조사를 하는 식으로 '버려지는 시간'을 활용했다. 하루 중 비는 시간에 '깍두기 업무'를 끼워 넣었다. 중요도는 낮지만 반드시 필요한 일들을 작은 조각으로 쪼개서 넣은 것이다. 이 작은 습관들이 성장 속도를 크게 끌어올렸다.

나는 이 과정을 통해 한 가지를 더 깨달았다. 우리가 보는 것이 곧 우리의 생각과 행동을 만든다는 것. 깍두기 시간에 보는 영상, 듣는 이야기, 채우는 정보가 결국 나를 결정짓는다. 그래서 그 시간조차 허투루 쓰지 않았다.

결국, 주변을 정리하고, 직진하고, 버려지는 시간을 붙잡으면서 나는 다시 일어설 수 있었다. 망했다고 끝나는 게 아니다. 끝났다고 느껴질 때, 제대로 시작하면 된다.

생각이 현실의 한계를 깰 수 있다

생각이 현실을 바꾼다는 말을 들으면, 대부분 사람들은 처음에는 믿지 않는다. 나 역시 마찬가지였다. 한 달 전만 해도 나는 '생각이 현실을 어떻게 바꿔? 생각한다고 될 게 아닌데?'라며 완전히 부정하고 있었다. 생각은 생각일 뿐이고, 현실은 현실이기 때문에 둘은 분명히 다른 것이라고 믿었다.

그러다 최근에 운동을 하면서 이 생각이 완전히 바뀌게 됐다. 나는 벤치프레스 무게 80kg을 밀어본 적이 없었다. 사실 도전조차 시도해본 적 없었고, 처음 시도했을 때 당연히 실패했다.

그런데 그때 PT 선생님이 내게 아주 이상한 조언을 했다. 그는 내게 잠깐 쉬는 2분 동안 계속해서 '나는 원래 이 정도 무게는 밀 수 있는 사람이다. 원래 밀던 사람이다'라고 생각하라고 했다.

솔직히 처음에는 말도 안 되는 이야기라고 생각했다. 하지만 선생님이 너무 진지하게 말했고, 어차피 할 것도 없었기에 일단 속는 셈 치고 그대로 해봤다.

2분 동안 계속해서 눈을 감고, '나는 80kg을 원래도 밀어왔던 사람이다. 이 정도 무게는 당연히 들어 올릴 수 있다'는 생각만 반복해서 했다. 온몸에 천천히 힘을 주면서, 머릿속으로도 이미 성공하는 모습을 생생하게 떠올렸다.

그렇게 생각을 하다 다시 벤치에 누웠는데 놀라운 일이 벌어졌다. 실제로 80kg이 매우 무거웠지만 천천히 움직였다. 믿을 수 없는 일이었다. 불과 몇 분 전만 해도 움직이지 않던 그 무게가 갑자기 움직이기 시작한 것이다.

이 경험은 내게 엄청난 충격으로 다가왔다. 현실이 바뀌었다. 불가능하다고 생각했던 무게를 내가 실제로 들어 올렸다. 내가 바꾼 것은 단 하나, 바로 생각뿐이었다. 이때 나는 생각이 현실에 얼마나 강력한 영향을 미치는지 처음으로 명확하게 느꼈다.

내가 강력하게 믿고 상상한 그 순간부터 내 몸은 달라졌다. 평소와는 전혀 다른 힘이 생겼고, 그 힘은 결국 내가 불가능하다고 생각한 무게를 움직이게 했다.

생각은 실제로 현실을 바꾼다. '생각만으로는 아무것도 안 된다'라고 무시했던 나는, 이제 완전히 다른 사람이 되었다. 생각하는 순간부터 우리의 뇌와 몸은 달라지며, 그 변화는 우리가 실제로 경험하는 현실로 연결된다.

물론 생각만 하고 아무 행동도 하지 않으면 변화는 없다. 그러나 분명한 것은, 어떤 일을 할 때 '나는 할 수 있다'고 확신하는 순간 몸과 마음은 실제로 그렇게 움직이기 시작한다는 것이다.

단순히 '할 수 있다'는 긍정적인 마음가짐을 가지는 것만으로도 이전과는 전혀 다른 결과가 나타난다. 지금까지도 믿기 어려운 현실이지만, 나는 그날 내가 직접 경험했기 때문에 더 이상 의심하지 않는다.

그날 이후로 나는 어떤 목표를 세우든 무조건 먼저 '할 수 있다'고 믿기 시작했다. 생각의 힘을 진짜로 경험했으니, 앞으로 내 인생에서 무엇이든 바꿀 수 있다는 자신감을 얻게 되었다.

부자들의 아침이 여유로운 이유

내가 가난할 때와 지금 어느 정도 돈을 번 뒤 가장 크게 달라진 점은 바로 아침이다. 지금은 아침마다 운동을 하고, 간단히 독서를 하거나 커피를 마시고, 빵집에 들러 치즈가 올라간 바게트를 사 먹는다. 심지어 빵집의 단골이 되기도 했다.

예전에는 이런 여유가 전혀 없었다. 아침에 스케줄 체크조차 하지 않았고, 운동도 하지 않았고, 여유로운 시간을 갖는 것은 꿈도 꾸지 못했다.

그런데 이상한 것은, 그때는 오히려 더 바빴다. 아무것도 하지 않았는데도 바빴고, 지각도 잦았다. 반

면 지금은 운동, 독서, 커피 한 잔, 심지어 명상까지
하고 나서도 지각을 하지 않는다. 도대체 뭐가 달라
진 걸까?

처음에는 이렇게 생각했다.

'역시 돈을 버니까 내가 인간적으로 성숙해졌
구나.'

그래서 아침 시간을 잘 활용해야 부자가 될 수 있
다고 믿었다. 미라클 모닝을 해야 하고, 부지런해야
하고, 더 일찍 일어나야 한다고 다짐했다. 나는 왜
이렇게 게으를까, 왜 아침을 제대로 보내지 못할까,
스스로를 자책하며 괴로워했다. 그래서 부자가 되려
면 나 자신을 고쳐야 하고, 더 부지런하고 성실해져
야 한다고 믿었다. 그런데 시간이 흘러 그 믿음이 잘
못되었다는 걸 깨달았다.

아침 운동을 해서 부자가 되는 것도 아니고, 스케
줄 관리를 해서 부자가 되는 것도 아니며, 명상을 해
서 부자가 되는 것도 아니었다. 오히려 부자가 되고

나니 자연스럽게 그런 아침이 찾아왔다.

중요한 건 여유 자체가 아니라, 내가 내 삶을 선택할 수 있다는 '자유'였다. 30억 원이라는 목표를 이루기 전까지는 나 스스로를 항상 부족하다고 느끼고, 끊임없이 스스로를 깎고 단련해야 한다고 생각했지만, 사실은 그 모든 족쇄는 내가 스스로 채운 것이었다.

돈이 생기고 나서 가장 크게 깨달은 것은, 내가 모든 것을 선택할 수 있다는 사실이었다. 나는 내가 원하는 시간에 일어날 수 있었고, 내가 원하는 시간에 일할 수 있었다.

실험을 통해 내 최적의 출근 시간이 10시라는 걸 알게 되었고, 그에 맞춰 내 일정을 조정했다. 전화를 받는 대신 전화를 거는 사람이 되었고, 준비되지 않은 상태에서 대화하는 것을 피하기 시작했다. 이는 단순히 아침 시간이 여유로워졌다는 의미가 아니라, 내 모든 결정과 행동을 내 스스로 선택할 수 있게 되었다는 뜻이었다.

부자들이 아침 운동을 하고 명상하고 커피를 마시고 여유를 가지는 것은, 돈이 있어서가 아니라 자기 패턴에 맞는 삶을 선택했기 때문이었다. 새벽형 인간만 성공하는 것도 아니고, 늦게 자고 늦게 일어나는 부자들도 많았다. 인간은 각자의 생체 리듬이 다를 뿐이었다.

중요한 것은 내 생체 리듬, 내 패턴을 이해하고 그것에 맞게 스스로 삶을 설계하는 것이었다. 남이 정한 시간표에 억지로 자신을 끼워 맞추지 않고, 내게 맞는 시간과 리듬을 찾아내는 것, 그것이 진짜 여유를 만들어주는 힘이었다.

남이 짜준 시간표를 따라가기보다, 자신의 상태를 체크하고 자신만의 시간표를 만들어야 한다. 시간표를 그대로 따라가는 사람은 자신의 리듬을 무시하게 되고, 결국에는 스스로를 탓하게 된다.

내가 나를 아는 것, 그리고 내가 선택하는 것. 그

것이 진짜 성장이고 성공이라는 걸 알게 된 것이다.

모든 선택은 나의 자유이자 나의 책임이다.

"유튜브를 해도 될까?"

"쇼핑몰을 해도 될까?"

나는 예전에는 이런 질문을 던졌지만, 지금은 묻지 않는다. 모든 것이 허락되어 있다. 다만, 그 선택에 따른 책임을 내가 져야 할 뿐이다. 많은 사람들이 이 '책임'을 지고 싶어 하지 않기 때문에, 동시에 '자유'도 포기해버린다.

하지만 자유와 책임은 한 쌍이다. 자유를 원한다면 책임도 함께 감당해야 한다.

"회사에 다닐 수밖에 없어요."

"직원을 줄일 수밖에 없어요."

이런 결정도 결국은 선택이다. 나 스스로가 그렇게 선택하고 있다는 사실을 인정하는 순간, 비로소 삶의 주도권이 내게 돌아온다. 부자가 되었다고 달라지는 것은 아침에 운동을 하고 명상을 하는 것이 아니다.

진짜 변화는 "나는 내 삶을 스스로 선택할 수 있
다"는 자각에서 시작된다. 그리고 이 자각이야말로,
나를 진정 자유롭게 만드는 열쇠였다.

나 스스로가
그렇게 선택하고 있다는
사실을 인정하는 순간,
비로소 삶의 주도권이
내게 돌아온다.

부자가 되었다고
달라지는 것은
아침에 운동을 하고
명상을 하는 것이 아니다.

진짜 변화는
"나는 내 삶을
스스로 선택할 수 있다"는
자각에서 시작된다.

진짜 무서운 건 실패가 아니라,
핑계에 익숙해지는 것

솔직히 부끄럽지만, 나는 어릴 때 핑계를 정말 잘 대는 사람이었다. 하기 싫은 일을 해야 하는 순간이 오면, 머릿속에서 본능적으로 핑계를 만들어냈다. 그때 자주 사용했던 핑계가 두 가지였다.

게으름이 몰려올 때는, 사실 하기 싫어서 안 하는 것인데도 마치 어려워서 못 하는 것처럼 행동했다. 충분히 할 수 있는데도 스스로에게조차 핑계를 대며 회피했다.

반대로 두려워서 못할 것 같은 상황이 오면, 이번엔 정말 어려워서 못하는 건데도 마치 그 일이 별로 중요하지 않거나, 별로 하고 싶지 않다고 스스로를 속였다. 용기가 없어서 못 한다고 인정하는 게 부끄럽고 싫어서, 그 일을 별로 하고 싶지 않다며 합리화하고 넘어갔다.

이렇게 두 가지의 핑계를 능숙하게 사용하면 편하게 살 수는 있었다. 하지만 결국 남는 건 아무것도 없었다. 그저 제자리에서 맴돌기만 했을 뿐, 나는 아무런 성장도 이루지 못했다.

내가 진짜로 성장하고 변하기 시작한 순간은 단 하나였다. 바로 핑계를 멈추고 스스로에게 정직해졌을 때부터다. 어렵다면 어렵다고 솔직히 인정하고 정면으로 맞서 싸웠다. 하기 싫을 땐 솔직히 싫다고 인정하고, 내가 그 일을 왜 해야 하는지를 명확히 생각한 뒤, 그럼에도 불구하고 일단 해보았다.

핑계를 내려놓고 스스로를 있는 그대로 마주하는 것은 처음엔 정말 불편하고 괴롭다. 하지만 그 불편함을 이겨내고 나면 그때부터 놀라운 속도로 인생이 달라진다. 스스로에 대한 믿음이 생기고, 자기기만이 사라지고 나면 무엇이든 해낼 수 있는 사람이 된다.

그러니 더는 핑계 속에 숨지 말자. 스스로를 있는 그대로 바라보는 용기만 가지면, 그때부터 진정한 성장이 시작된다.

가짜 자기계발

자기계발 한다고 말하지 마라. 그 말 자체는 아무 의미도 없다. 사람들은 흔히 자기계발을 하겠다며 아침에 일찍 일어나고, 찬물 샤워를 하고, 이불을 갠다. 하지만 그건 자기계발이 아니라 그냥 생활 습관일 뿐이다.

자기계발의 진짜 의미는 구체적인 목표가 있고, 그 목표를 이루기 위해 실질적으로 움직이는 것이다.

"나는 집중력을 키우려고 바둑을 배우고 있어요."

"나는 돈을 벌려고 주식 공부를 하고 있어요."

"나는 체력을 기르려고 매일 달리기를 하고 있어요."

이렇게 구체적인 목표를 설정하고, 그 목표를 이루기 위해 현실적인 행동을 해야 한다. 막연히 "자기계발 중이다"라고 말만 하면서 정작 아무 행동도 하지 않으면, 그건 자기계발이 아니라 자기만족이고 자기기만이다.

자기계발이 망상이나 허세가 되지 않으려면 구체적으로 자신이 하고 있는 행위를 말해야 한다. 그러니 앞으로는 "나 자기계발 중이야"가 아니라, "나는 지금 ○○○을 하고 있어"라고 구체적으로 이야기해라.

진짜 자기계발은 말이 아니라 행동으로 드러난다.

단 하나의 선택지만 남겨라

미루는 습관을 고치는 건 생각보다 쉽지 않다. 특히 핑계를 잘 만들어내는 사람이라면 더욱 그렇다. 핑계를 잘 대는 사람은 머릿속에서 어떤 상황에서도 즉시 그럴듯한 이유를 만들어낸다. 일을 미루고 싶어질 때마다 "집에 프린터가 없어서", "모니터가 너무 작아서", 심지어는 "지금 물이 다 떨어져서"라는 어처구니없는 이유까지 순식간에 만들어낸다.

이렇게 미루는 습관을 효과적으로 고치려면, 아예 처음부터 핑계조차 만들 수 없는 환경을 만들어야 한다. 목표로 하는 그 일 말고는 할 수 있는 게 없는 장소를 만드는 것이다. 그 장소에 들어가는 순간, 그 일을 시작할 수밖에 없어야 한다. 만약 나처럼 핑계를 잘 대는 사람이라면, 핑계가 자라날 수 있는 환경을 만들지 말아야 한다.

나 역시 이 방법을 써서 효과를 봤다. 처음에 유튜브를 찍어야겠다고 결심했을 때는 늘 미루고 있었다. 촬영을 하려면 이것저것 준비할 게 많았다. 그런데 어느 순간 생각을 바꿔, 집 안에 '오직 유튜브만 촬영할 수 있는 공간'을 따로 만들었다.

그 공간에는 촬영 목적 이외의 다른 것은 일절 없었다. 심지어 촬영용 휴대폰도 따로 두고, 그 공간에 들어가면 무조건 유튜브 촬영 말고는 다른 선택지가 없도록 환경을 통제했다.

이 간단한 변화만으로도 내 생산성은 급격히 좋아졌다. 평소 같았으면 시작하기 전부터 막연히 싫고 귀찮다는 생각과 함께 온갖 핑계를 만들어 미뤘겠지만, 이제는 그럴 수가 없었다. 아무리 하기 싫고 귀찮아도, 무엇을 해야 할지 모르겠다는 막연한 게으름이 올라와도 일단 그곳으로 가야 했다.

중요한 건 일을 시작하는 것이 아니라, '그 장소로 가는 것' 자체를 목표로 설정한 것이다.

"지금 당장 그곳으로 간다. 거기 가서 생각하자."

이렇게 결정했더니 미루는 습관이 놀라울 정도로 사라졌다.

결국 일을 시작하는 단계에서부터 복잡한 과정을 최소화해야 한다. 시작이 복잡할수록 핑계가 많아지고, 핑계가 많아질수록 습관은 절대 바뀌지 않는다. 핑계가 피어날 틈조차 없도록 완벽하게 단순한 환경을 만들어라.

단 하나의 선택지만 남겨라. 미루고 싶을 때, 그 공간으로 떠나는 것 외에는 어떤 핑계도 남겨두지 말라. 핑계가 자라나기 전에 무조건 그곳으로 떠나는 습관이 생기면, 더 이상 미루는 일은 없을 것이다.

목표가 아니라 방법을 바꿔야 합니다

인생이 아무리 노력해도 안 풀린다면, 가장 먼저 해야 할 일은 고집을 버리는 것이다. 하지만 사람들은 이 고집을 잘 버리지 못한다. 고집을 버리라는 말이 목표를 포기하라는 말로 들리기 때문이다.

정확히 말하면 목표를 바꾸라는 게 아니다. 목표는 끝까지 유지하되, 방법을 바꾸라는 뜻이다. 많은 사람이 고집을 버리라는 말을 듣고 목표 자체를 자꾸 바꾼다. 하지만 목표를 자주 바꾸면 결국 아무것도 이루지 못하고 인생 전체가 낭비된다.

목표는 그대로 두고, 방법을 바꿔야 한다. 이미 그

목표를 이룬 사람을 찾아가 직접 배우고 물어보는 것이 가장 빠른 방법이다. 책이나 영상으로 배우는 것보다 직접 가서 물어보는 것이 훨씬 효과적이다.

나도 유튜브를 처음 시작할 때 잘 풀리지 않아 힘들었다. 그때 성공한 사람들을 직접 찾아갔다. 유튜버를 직접 찾아가 어떻게 했는지 배우고, 자문을 구했다.

그런데 문제는, 배운 후에도 내 고집을 끝까지 내려놓지 못한 것이다. 고집이 너무 강해서 성공한 사람들이 말해준 방법을 그대로 따르지 않고, 자꾸 내 방식을 고집했다. 결국 더 힘들어지고 시간만 더 걸렸다.

진짜 성공하고 싶다면, 고집을 빨리 버려야 한다. 목표를 끝까지 붙잡고, 방법만 바꿔야 한다. 고집 부리지 않고 성공한 사람이 알려주는 방법을 그대로 따라 하는 것이 가장 빠르게 성공하는 길이다.

목표는 유지하고 방법만 바꿔라. 그 순간부터 인생은 놀라울 정도로 빠르게 풀리기 시작한다.

힘들수록 표정을
관리해야 하는 이유

내가 어떤 일을 하면서 어렵다고 느낀다는 건, 사실 나와 똑같은 처지에 있는 사람들 대부분이 똑같이 어렵다고 느끼고 있다는 뜻이다. 내가 특별히 힘든 게 아니라는 걸 알아야 한다. 그런데 정말 승부가 갈리는 순간은 바로 그다음부터다.

모두가 힘든 상황에서 누군가 한 명이 아무렇지 않은 듯한 표정을 짓고 있다면, 나머지 사람들은 불안과 혼란을 느끼기 시작한다. 사람의 마음은 알 수 없기 때문이다.

눈에 보이는 건 오직 상대의 표정과 태도뿐이다.

상대가 여유로운 얼굴을 하고 있으면, 내 경쟁자는 자신감을 잃고 서서히 무너져 내린다. 같은 처지인데 상대가 편안해 보인다면, 본인은 더 초라해지고 불안해지기 때문이다.

하지만 진짜 중요한 포인트는 경쟁자가 아니라 바로 내 주변의 동료들이다. 힘든 상황에서도 여유 있고 침착한 모습을 보이면, 동료들은 그 안정감에서 큰 위로와 힘을 얻는다. 이것이 바로 리더의 본질이다.

리더는 상황이 힘들수록 더욱 여유로운 표정을 유지해야 한다. 설령 당신이 리더가 아니더라도, 자기도 모르게 책임감을 가지게 되는 사람이라면 반드시 이런 표정 연습을 해야 한다. 리더의 표정 하나가 팀 전체의 사기를 결정한다.

물론 사람은 완벽히 마음을 숨길 수 없다. 하지만 우리는 최소한 표정만큼은 연습을 통해 얼마든지 통제할 수 있다. 힘들수록 침착한 척하라. 불안할수록 편안한 척하라. 표정을 관리하는 것만으로도 충분히 상황을 장악할 수 있다.

결국, 표정 관리를 잘 하는 사람이 가장 어렵고 힘든 순간에도 끝까지 살아남고 결국 승리한다. 사람은 표정에서 모든 것을 판단하기 때문이다.

부자들의 휴식은 무엇이 다를까

부자들이 쉬면서도 돈을 버는 이유는 그들이 하는 모든 대화의 기준이 돈을 버는 데 맞춰져 있기 때문이다. 이들이 가진 휴식은 우리가 흔히 생각하는 무의미한 휴식과 전혀 다르다.

일반 사람들은 쉬는 시간에 드라마나 연예인 이야기, 주변 사람들 이야기처럼 별다른 의미 없는 이야기들을 한다. 그러나 부자들은 휴식을 하면서도 시장의 흐름, 새로운 투자 기회, 세상의 변화, 비즈니스 아이디어 같은 주제로 자연스럽게 대화를 한다.

더 놀라운 사실은 일반 사람들이 하루 종일 진지

하게 앉아서 공부하고 자료를 봐도 발견하기 힘든 고급 정보와 아이디어가, 부자들이 가볍게 휴식을 취하며 나누는 대화 속에서 훨씬 더 자연스럽고 쉽게 나온다는 점이다.

그 이유는 간단하다. 부자들이 이미 갖고 있는 정보의 질과 수준, 그리고 그들이 평소에 갖추고 있는 사고방식이 완전히 다르기 때문이다.

그런데 비극은 일반 사람들은 부자들이 하는 이 말을 오해한다는 점이다. 부자들이 "돈은 놀면서 버는 거야"라고 하는 이야기를 듣고는, 정말로 놀기만 해도 돈을 벌 수 있다고 착각한다.

부자들이 말하는 "놀면서 돈을 번다"는 말의 진짜 의미는, 그들이 이미 평소에 공부하고 준비해서 기반을 만들어 놓았기 때문에 쉬는 시간에도 자연스럽게 돈과 관련된 이야기가 나오고, 그 대화 속에서 새로운 수익이 창출된다는 것이다.

즉, 부자들이 말하는 "놀면서 돈을 번다"의 본질

은 '공부와 준비가 완벽하게 갖춰진 상태에서의 놀이'다. 기반과 실력이 전혀 없는 상태에서 쉬기만 하는 건 결코 부자가 되는 길이 아니다. 그렇게 생각하고 무작정 놀기만 하면 절대로 부자가 될 수 없다.

그래서 진짜 비극적인 상황이 발생하는 것이다. 많은 사람들이 부자들의 이 말을 오해해서 공부와 노력을 포기해버린다. 그리고는 "봐, 부자들도 놀면서 돈 번다잖아. 공부나 노력은 의미 없어"라고 잘못된 결론을 내리고 만다.

부자들이 쉬면서도 돈을 벌 수 있는 이유는, 그들이 이미 충분히 공부하고 노력해서 일상적 대화조차 돈이 되는 시스템을 갖추었기 때문이다. 이 중요한 사실을 이해하지 못하면 평생 놀기만 하면서 부러워만 할 뿐, 결코 그들과 같은 삶을 살 수 없다.

부자들이 말하는 "돈은 놀면서 벌린다"는 말의 진짜 의미를 제대로 이해해야만, 부자의 길로 들어설 수 있다.

할 수 없다는 말만 되풀이하는 사람들에게

할 수 없다는 말을 하는 대신, 할 수 있는 것을 찾아서 하면 된다. 사람들은 자꾸만 할 수 없는 것에 매달린다. 그리고 누군가가 달래주고 위로해주길 바란다.

하지만 서른이 넘었다면 더 이상 아무도 달래주지 않는다. 세상은 그렇게 친절하지 않다. 만약 지금 나에게 '할 수 없다'는 생각이 든다면, 바로 그 순간부터 할 수 있는 것을 찾아 움직이면 된다. 할 수 없는 일에 얽매이면서 남이 위로해주길 바라지 마라.

만약 이 나이에도 누군가가 내 마음을 달래주고

있다면, 진심으로 그 사람에게 감사해야 한다. 다 큰 성인을 달래주는 것도 결코 쉬운 일이 아니다.

그런 사람은 내 인생에서 흔치 않은 행운이다. 이제부터는 스스로를 달래는 법을 배워라. 할 수 없다며 스스로를 괴롭히지 말고, 지금 당장 내가 할 수 있는 작은 일을 찾아 움직이면 된다.

인생은 할 수 있는 걸 할 때 풀리기 시작한다. 할 수 없다고 중얼거리는 대신 지금 즉시 할 수 있는 일을 찾아서 하라. 그 순간부터 인생이 바뀌기 시작한다.

무너진 자신감을 회복하는 방법

　나는 퇴사 후 사업에 실패하며 인생의 모든 게 어
긋났을 때 스스로를 신뢰할 수 없었다. 그러던 중,
전에 만났던 한 자동차 영업사원의 말을 떠올렸다.
그는 신뢰를 얻기 위한 다섯 가지 요소를 이야기했
는데, 그걸 나에게 적용해봤다.

　첫 번째는 '약속의 빈도'이다. '미래의 나'를 고객
으로 생각하면서 '현재의 나'는 신뢰를 얻기 위해 노
력하는 것이다. '미래의 나'에게 한 사소한 약속을
자주 지키는 것부터가 시작이다. 시간이 흘러 미래
의 내가 됐을 때 과거의 나에 대한 믿음이 생기면서

자신감이 올라간다. 자신감이란 결국 '미래의 나'가 '과거의 나'를 믿을 수 있는 감각이다.

사기꾼이 어떻게 사람을 속이는지 아는가? 작은 돈부터 빌린다. 그 작은 돈을 착실하고 정확하게 갚는다. 그러다가 나중에 크게 뒤통수를 때리는 것이다. 이렇듯 신뢰는 약속을 여러 번 지키면서 형성되는데 이때 고려할 것이 두 번째 '전문성'이다.

내가 전문성이 낮다면 작고 쉬운 약속부터 하는 것이다. 내일의 나와 약속을 지키는 습관을 만들기 위해 스스로 절대 어기지 않을 말만 하는 것이다.

'나는 내일 TV 볼 거야.'

'나는 내일 늦잠 잘 거야.'

하지만 만약 이런 엉뚱한 약속만 미래의 나와 한다면 어떻게 될까? 신뢰를 쌓기보다 실망만 쌓는다. 그때 필요한 것이 세 번째 '이익의 일치'이다. 현재의 나의 행동과 미래의 내가 원하는 것을 일치시켜야 한다. 이것이 통일되지 않으면 어떤 행동을 하더라도 자신에 대한 신뢰를 만들지 못한다. 미래의 내가 원하는 것이 돈인지, 행복인지, 건강인지에 따라 지금 행동해야 한다.

네 번째는 '일관성'이다. 식당의 영업시간이 매번 달라지면 자주 가기 어려운 것과 같다. 하루는 하고 하루는 안 하는 식의 패턴은 미래의 나에게 실망만 준다. 매일 같은 시간에 작은 약속을 실행하며 신뢰를 쌓는 게 중요하다.

다섯 번째는 '경청'이다. 내가 정말 원하는 것이 무엇인지 진지하게 스스로에게 묻는 것이다. 나는 예전에 내가 돈이 필요한 줄 알았다. 하지만 알고 보니 진짜 원하는 건 시간의 자유였다. 이 사실을 깨달은 이후부터 행동의 방향도 명확해졌다. 시간의 자유를 얻기 위해서는 일을 하지 않고 들어오는 소득이 필요했고 그것을 만드는 방법은 노동이 아니라 투자라는 사실을 깨달았다.

결국 자동차 영업사원이 권유하던 새 차가 아니

라 중고차를 샀다. 미래의 내가 원하는 것은 멋진 자동차가 아니라 월세 소득이었기 때문이다. 이후 나는 부동산 책을 하루에 1페이지씩 읽는 것으로 시작했다. '하루에 1페이지 읽기'는 앞의 다섯 가지 기준에 모두 일치하는 행동이었다. 나중에는 이것이 강의 수강과 임장으로 이어졌다.

자신감이 쌓이니 점점 난이도 있는 행동을 해도 부담스럽지 않았다. 이 다섯 단계를 통해 나는 자신감을 회복했고, 단순한 자기계발이 아닌, 현실적인 자산 증식과 삶의 방향성까지 세우게 됐다.

"야, 자신감을 가져!"

이렇게 말한다고 자신감이 생길까?

자신을 믿는 감각은 단순히 긍정적인 자기암시로 생기지 않는다. 신뢰가 생길 때 우리는 '쌓인다'고 표현한다. 반대로 신뢰가 없어졌을 때 '무너진다'고 말한다. 자신감은 태도가 아니라 구조이다. 작게, 자주, 실현 가능한 약속부터 시작해라. 그리고 그 약속을 지키는 '작은 승리'들이 결국 미래의 나에게 강력한 신뢰와 자산이 된다.

당신을 몰라주는 사람은
인생에서 빼세요

나를 몰라주는 사람에게 에너지를 쓰는 것은 길바닥에 돈을 버리는 것과 같다. 결국 아무도 알아주지 않고, 남는 건 후회뿐이다.

조직 역시 마찬가지다. 조직이 나의 진심과 노력을 몰라준다면 더는 그곳에 내 소중한 인생을 낭비하지 말아야 한다. 열심히 하면 할수록 바보 취급받는다면, 그들과 같은 선에서 멈추고 스스로를 돌봐야 한다. 끝까지 충성하고 헌신해도 돌아오는 게 없다면 그곳에 나의 귀중한 에너지와 열정을 허비할 필요가 없다.

당신의 가치를 알아주지 않는 사람에게 인정받으려 애쓰는 건 아무도 살지 않는 집에 불을 피우는 것과 같다. 절대 불이 붙지 않고, 아무도 따뜻하지 않다.

대신 그 에너지를 오직 당신 스스로에게 써라. 나 자신을 발전시키고, 성장시키고, 더 나은 삶을 위해 투자하는 데 온전히 써라. 아무도 당신의 가치를 알아주지 않는다면, 적어도 당신 자신만은 자신의 가치를 제대로 알아야 한다.

스스로를 위해 살아라. 그게 인생에서 진정으로 후회하지 않는 유일한 방법이다.

3장

지금
오르막길을
버티는
사람에게

버티는 힘

나는 한때 '그냥 버티면 된다'고 믿었다. 그저 오래 참고 기다리기만 하면, 언젠가는 무조건 성공이 찾아올 거라고 생각했다. 그러나 현실은 전혀 그렇지 않았다.

어떤 사람은 물이 끓는 100도까지 참고 버티지만, 또 어떤 사람은 99도에서 포기하고 만다. 단지 버티는 것만으로는 부족하기 때문이다. 막연히 버티기만 하면 언젠가 물이 끓을 거라고 생각하지만, 실제로는 그렇지 않다.

내가 99도인지, 아니면 아직 30도인지조차도 모

르면 그냥 무의미한 시간만 흐를 뿐이다. 만약 온도가 내려가고 있다면 지금 당장 하던 일을 멈춰야 한다.

그래서 나는 방향과 속도가 맞는지 정확히 알 수 있는 민감한 지표를 찾기 시작했다. 아무리 미약하고 작은 증거라도 좋았다. 종이가 바람에 살짝 나부끼는 정도라도 좋았다. 내가 제대로 가고 있다는 증거가 필요했다.

예를 들어, SNS를 할 때도 조회 수나 구독자 수 같은 숫자는 당장 늘지 않을 수도 있다. 하지만 댓글 한 줄이 더 달렸다거나, 공유 숫자가 단 하나라도 늘었다거나, 아니면 그냥 누군가가 '잘 보고 있어요'라는 메시지를 보내준 거라도 좋았다.

이 작은 변화 하나가, 내가 올바른 방향으로 가고 있다는 중요한 증거였다. 그런 작은 신호를 발견하고부터는 더 이상 의심하지 않게 됐다. 막연한 버티기가 아니라, 나를 믿을 수 있는 증거를 얻었기 때문이다.

스스로에 대한 의심이 큰 사람일수록, 민감한 작은 지표가 필요하다. 이런 지표가 없으면, 아무리 오래 버텼어도 불안하고 힘들 뿐이다. 아주 미약한 변화라도, 내 방향이 맞다는 증거를 반드시 찾아야 한다.

버티는 것은 중요하지만, 아무 근거 없이 무작정 버티는 것은 위험하다. 지표가 있으면 99도가 아니라 30도라고 하더라도 불안하지 않다. 100도까지 가는 길이 분명해지고, 결국 물은 반드시 끓게 된다.

남들이 따라올 수 없는
격차를 만드는 법

사람들은 흔히 자신이 원하면 3개월 안에 뭐든지 다 이룰 수 있다고 착각한다.

"내가 진짜 마음만 먹으면 3개월이면 충분히 할 수 있어."

이런 식으로 말하면서, 이미 오랜 시간 노력하고 있는 사람들을 무시하고 비난한다. 공부, 운동, 독서, 일. 어떤 분야든 마찬가지다. 누군가는 몇 년에 걸쳐 꾸준히 해내고 있는데, 그 사람들은 그냥 어리석어서 긴 시간을 투자한다고 착각한다.

나는 20대, 30대 때 그런 비난을 하는 사람들이

대단한 비법이라도 있는 줄 알았다. 정말 뾰족한 해결책이 있어서 그렇게 자신 있게 말하는 줄 알았다. 그런데 40대가 되어서 돌아보니, 그 사람들은 여전히 똑같았다.

아직도 그들은 "진짜 마음만 먹으면 3개월이면 끝나" 같은 말을 반복하면서, 정작 아무것도 하지 않고 제자리에 멈춰있다. 그리고 오랜 시간 묵묵히 노력했던 사람들은 이미 너무 멀리 앞서 있다.

그 차이를 따라잡는 건 사실상 불가능하다. 시간의 누적은 절대 뛰어넘을 수 없다. 착각하지 마라. 진짜 성장은 단 3개월의 짧은 노력으로 얻어지지 않는다. 진짜 격차는 시간이 만든다. 그러니 3개월 만에 모든 걸 할 수 있다고 믿는 착각을 버리고, 지금부터라도 꾸준히, 차곡차곡 쌓아가라.

결국, 시간이 지난 후 그 차이가 모든 것을 결정하게 될 것이다.

인생이 제자리걸음인 것 같을 때

나름대로 열심히 살았는데 삶이 좀처럼 나아지지 않을 때 자신에게 물어봐야 한다.

"비어 있는 시간을 성장을 위해 쓰고 있는가?"

이 질문에 막상 답하려고 하면 대부분 잘 모른다. 모른다면 실험을 해야 한다. 일주일 동안 랜덤한 시간에 알람을 설정해두고, 알람이 울리기 전까지는 그냥 평소처럼 살다가, 알람이 울리면 메모를 남긴다.

"방금 전 1시간 동안 나는 무엇을 했는가?"

단 1시간만으로 자기 객관화가 가능할까? 아니

다. 그래서 이 실험은 한 번으로 끝내지 않는다. 한 달간 여러 번 알람을 설정해놓는다. 지뢰처럼 깔아 둔 알람이 울릴 때마다 스스로의 모습을 기록하는 것이다. 그러다 보면 깨닫게 된다. 비어 있는 시간 동안 내가 진짜 무슨 짓을 하고 있었는지.

만약 비어 있는 시간마다 무기력하게 흘려보내고 있었다면, 먼저 시간표를 만들어야 한다. 기본적인 틀을 세우고, 막 살아도 되는 시간조차 '계획된 쉼'으로 만들어야 한다. 단순히 쉰다고 되는 게 아니다. 나의 인생 방향성과 맞는 휴식을 설계해야 한다.

쉬는 시간에도 두 가지 종류가 있다. 다이어트를 목표로 삼은 사람이 쉬는 시간에 폭식을 한다면, 그는 매번 자신이 쌓은 것을 무너뜨리고 있는 셈이다. 공부를 목표로 삼은 사람이 휴식할 때마다 뇌를 리셋하는 술자리를 가진다면, 역시 마찬가지다. 충전은 앞으로 나아가기 위한 것이지, 쌓은 걸 허무는 시간이 되어서는 안 된다.

그럼 어떻게 해야 할까?

우선 알람 실험을 통해 내 습관을 객관적으로 본다. 만약 비어 있는 시간에도 자연스럽게 생산적인 행동을 하고 있다면, 굳이 시간을 꽉꽉 채울 필요는 없다. 하지만 결과가 영 좋지 않다면, 남들보다 더 빡빡하게 계획을 짜야 한다. 나를 망치는 건 게으름 자체가 아니라, 목표와 반대되는 행동을 하면서 스스로 괴로워하는 그 감정이다.

나 역시 뼈저리게 경험했다. 어린 시절, 좋은 대학을 가고 싶다고 말은 하면서도, 수업 시간엔 게임에 빠져 있었다. 다큐멘터리 감독이 되고 싶다면서도, 정작 게임 속 캐릭터 능력치나 계산하고 있었다. 꿈을 말하는 것과 그 꿈을 위해 행동하는 것은 전혀 다른 일이었다.

하지만 몇 번의 실패와 후회 끝에 알게 됐다. 비어 있는 시간의 사용법이 내 인생을 결정 짓는다는 걸. 그냥 놔두면 망가지는 사람이라면, 내 능력 안에서 실행할 수 있는 계획을 세우고, 고통스럽더라도 내가 만든 틀 안에서 버텨보아야 한다. 반대로 자연스럽게 좋은 방향으로 흐를 수 있다면, 조금은 여유롭게 가도 된다.

결국 중요한 건 자기 객관화다.

"나는 정말 비어 있는 시간을 잘 쓰고 있는가?"

"쉬는 시간에도 나를 앞으로 밀어주는 선택을 하고 있는가?"

답이 '예'라면 조금 더 자유로워도 괜찮다. 하지만 '아니오'라면, 내 인생은 지금 당장이라도 고쳐야 한다. 지금 비어 있는 시간을 어떻게 보내느냐가, 결국 5년, 10년 뒤 나를 완전히 다른 사람으로 만들어 놓을 테니까.

목표는 절대로 '남'들에게
함부로 말하면 안 됩니다

내 목표를 '남'들에게 털어놓는 순간부터, 내 인생은 의외로 급격히 어려워진다. 목표를 이루면 사람들은 내 성공을 진심으로 축하하기보다는 질투와 시기로 받아들인다. 목표를 이루지 못하면 허세 부리는 사람, 허언증 있는 사람이라고 비웃음만 받게된다. 결국 남들에게 목표를 말하는 순간부터 이기든 지든, 내게 이득은 하나도 없다.

하지만 목표를 '동료'에게 말하면 완전히 달라진다. 동료는 내가 목표를 이룰 수 있도록 함께 고민해주고 도와준다. 목표를 달성하면 진심으로 함께 축

하해 준다. 혹시 목표를 이루지 못하더라도 비웃지 않고, 오히려 위로와 격려를 보내준다.

성공하고 싶다면, 이 둘의 구분을 명확히 해야 한다. 동료가 아닌 사람들에게 나의 목표를 자랑삼아 말하고 다니면 결국 내 인생의 난이도만 극강의 수준으로 높아진다.

목표는 오직 서로 응원할 수 있는 진정한 동료와만 공유해라. 이 간단한 원칙만 지켜도, 인생의 난이도는 극적으로 낮아질 것이다.

내 사업이 망했던 이유

　나는 MCN, 카페, 식당, 장난감 쇼핑몰, 크리에이터 굿즈, 프로덕션, 독서모임 플랫폼, 소프트웨어, 오프라인 강의 플랫폼까지 다양한 사업을 시도했고, 거의 모두 실패했다. 그 실패의 원인을 단순히 '운'이라고 생각했지만, 돌아보니 본질은 '지속성 없는 구조'였다.

　사업은 결국 '행운을 받는 그릇'과 '악운을 버틸 수 있는 체력'이 있어야 한다. 행운은 1년에 한 번 올까 말까 한데, 악운은 수시로 찾아온다. 이 두 가지를 구조적으로 대비하지 않으면 어떤 노력도 무의미하다.

예를 들어, 식당에서 고객 한 명에게 퍼주는 방식으로 운영을 시작했다고 생각해 보자. 초반에는 평판이 좋겠지만 갑자기 고객이 100명으로 늘어난다면 어떻게 될까? 시스템이 무너지면서 사장님이 변했고, 서비스가 별로라는 말을 듣게 된다. 지속 가능하지 않기 때문이다.

장기적으로 마이너스라면 당장의 달콤함을 참을 수 있어야 한다. 실제로 내가 한 달에 1,000만 원의 외부 강의 수익을 포기하고 직원 교육에 시간을 투자했을 때, 장기적으로 수익 구조가 개선됐다. 한 명의 직원이 하루 30분 더 집중하게 만들면 100명의 직원 기준으로 연 13,200시간이 확보된다. 시간당 생산성 1만 원으로 환산하면 연 1억 3,200만 원의 가치를 만든 셈이다.

반대로, 행운이 왔을 때 폭발적으로 성장할 수 없는 구조도 다시 점검해야 한다. 매출은 늘었지만 수익률이 악화된다면 장기적으로는 망하는 구조다. 구조가 얼마만큼의 이익률을 가지고 있는가? 여기서 승패가 좌우된다. 노력은 반드시 수익률 구조를 개선하는 데에 투입이 되어야 한다. 하루하루는 이겨도 장기적으로는 망하는 상황이 될 수 있다. 행운을 받을 수 있는 그릇을 만들어야 한다.

구조를 만들어두지 않으면 위기가 올 때마다 돈을 더 넣어야 하는 상황이 생긴다. 투자 유치가 언제든 가능한 사람이라면 모르겠지만 결국 망한다. 구조를 명확하게 확인하는 것이 가장 중요하다. 사업을 시작하기 전에 기본적으로 계산할 필요가 있다. 구조 없이 열정만 넘치면 열심히 했는데 나중에 지나고 보니 망해있는 상황을 직면하게 된다. 악운과 행운이 오는 시기를 내 마음대로 조절할 수 없기 때문이다.

악운으로 매출이 빠져도 평소에 번 돈으로 버틸 수 있고, 행운으로 매출이 늘었을 때 그것을 다 받을 수 있어야 한다. 노력과 성과를 네 가지로 분류하면 다음과 같다.

1. 최선: 일시적 노력 → 지속적 성과
2. 차선: 지속적 노력 → 지속적 성과
3. 차악: 일시적 노력 → 일시적 성과
4. 최악: 지속적 노력 → 일시적 성과

1번이 가장 이상적이다. 2번은 고정비가 올라가겠지만 수익이 함께 올라가니 여기까지는 괜찮다. 3번과 4번이 정말 위험하다. 특히 4번은 최악의 시나리오로 일만 힘들고 예전 같지 않은 상황에 계속해서 부딪히고 결국 무너질 것이다.

성과의 크기에 눈이 멀면 안 된다. 눈앞의 이익에만 집착한다는 것은 자신의 사업이 지속적으로 발전할 수 있다는 확신이 없다는 뜻이다.

내가 실패한 사업들은 대부분 최악 혹은 차악 구

조에 머물렀다. 지속적으로 시간과 돈을 투입했지만, 성과는 일시적이거나 불확실했다. 반면, 지금 하고 있는 사업은 일시적 비용을 들여 구조를 개선하고, 그 결과가 지속적으로 쌓이고 있다. 이 차이는 '망하는 사업'과 '살아남는 사업'의 결정적인 기준이다.

지금 무엇을 하고 있는가? 그 일이 '지속 가능한 구조'인가? 눈앞의 수익보다 중요한 건 그 수익이 반복 가능한가이다. 장기적 시야 없이 단기 수익에만 집중한다면, 악운이 올 때마다 무너지고, 결국 사업은 사라질 것이다.

내가 진짜 배운 건 이것이다. 운은 선택할 수 없지만, 구조는 선택할 수 있다. 운을 기다릴 게 아니라, 운이 왔을 때 받아낼 수 있는 그릇을 준비해야 한다. 지금 여러분의 사업이 구조적으로 지속 가능한지, 다시 점검해보라. 그리고 일시적 노력으로 지속적 성과를 만드는 시스템에 집중하라. 그것만이 진짜 생존이다.

후천적 금수저

어릴 적부터 마음속 깊이 자리 잡은 한 가지 생각이 있었다.

"쟤는 금수저니까 잘 된 거야."

누군가의 성공을 보면 부러움과 동시에 묘한 체념이 스며들었다. 그리고 스스로에게 이렇게 말하곤 했다. 인생은 결국 수저가 결정하는 게임이라고. 하지만 이 생각이 정말 진실일까?

시간이 지나면서 나는 금수저라는 개념을 다시 정의하게 되었다. 단순히 돈이 많거나 배경이 탄탄한 사람이 아니라, 진짜 금수저는 바로 '실패해도 계속할 수 있는 환경을 선천적으로 제공받은 사람이라는 것이다.

그렇다면 후천적으로 그런 환경을 만들면 어떨까? 실패해도 다시 시도할 수 있는 조건, 그것이 있다면 나도 그들과 같은 출발선에 설 수 있는 게 아닐까? 그렇게 나는 후천적 금수저가 되는 9단계 사이클을 만들기 시작했다.

첫 번째 단계는 목표 금액 설정이다. 처음부터 너무 크게 잡을 필요는 없다. 예를 들어 월 100만 원을 목표로 잡고 시작하는 거다.

두 번째 단계는 가용 자원 파악이다. 쉽게 말해서 내 주머니에 돈이 얼마가 있는지 알아야 가게에 가서 물건을 고를 수 있다는 말이다.

내가 쓸 수 있는 시간과 돈이 얼마나 있는가? 출퇴근 시간 외에 고정적으로 확보 가능한 시간은 몇 시간인지, 혹은 날아가도 내 삶에 큰 영향이 없는 여유 자금은 얼마인지 현실적으로 따져야 한다.

자신이 가진 가용 자원 안에서 도전을 해야 실패를 해도 포기를 안 한다. 그렇게 해야 삶에도 지장이 없다. 만약에 엉끌을 해시 투자를 했다가 실패한다면 어떻게 될까? 다시 일어서기가 매우 힘들어진다. 실패를 해도 다시 도전할 수 있도록 9단계의 사이클을 가상으로 돌려보면서 자기 인지력을 높여야 한다.

그리고 후천적으로 금수저를 만들기 위해서는 현금흐름을 만들어야 한다. 배당주, 월세, 채권, 예금처럼 자산에서 만들어지는 현금을 가용 자원으로 생각해라. 그래야 실패해도 인생이 망하지 않는 금수저와 동일 선상에 설 수 있다.

세 번째 단계는 경쟁자의 존재를 파악하는 것이다. 내 수준과 비슷한 가용 자원을 가진 사람이 같은 목표를 달성한 사례가 있는가? 이를 통해 내 목표가 비현실적인지, 아니면 충분히 도달 가능한지 판단할 수 있다.

내 수준과 차이가 큰 사람을 경쟁자로 삼으면 평계가 된다. '저 사람이니까 잘 됐겠지'라는 변명이 생기지 않는 경쟁자를 찾아라. 그리고 경쟁자를 시기하지 마라. 경쟁자는 당신도 할 수 있다는 희망이기 때문이다.

네 번째 단계는 경쟁자가 하고 있는 것 중에서 내가 할 수 있는 것을 찾아내는 것이다. 단, 이 단계에서 중요한 건 공짜로 배우려 하지 말라는 것이다. 직접 써보고, 체험하고, 시간과 비용을 들여야 진짜 나의 가능성을 알 수 있다.

"그런데 할 줄 아는 일이 없어요."

내가 할 수 있는 것이 없다면 배워야 한다. 그것을 포기의 이유로 삼을 것이 아니라 배울 것을 찾았다는 사실에 감사해야 한다. 다른 것을 계속 찾기만 하면 결국 궁지로 몰린다.

다섯 번째 단계는 '경쟁자보다 잘하는 점'을 만드는 것이다. 이건 단순한 능력의 우열이 아니라, 나만의 뾰족함을 만드는 과정이다.

예를 들어 축구 게임에서 드리블도 패스도 안 되지만 헤딩만 잘하는 축구선수처럼, 단 하나의 강점을 극대화하는 전략이 필요하다. 그것이 나중에는 누군가 당신에게 돈을 지불해야 하는 이유가 될 것이다.

여섯 번째 단계는 비용 파악이다. 앞서 설정한 목표와 가용 자원, 내가 할 수 있는 일, 잘하는 점을 바탕으로 실제 실행에 드는 비용을 따져본다. 만약 비용이 예상보다 크다면, 다시 목표를 낮추거나 가용 자원을 재조정해야 한다.

일곱 번째 단계는 비용 확보 계획이다. 예산이 부족하다면 어디에서 어떻게 자금을 확보할 것인지 사전에 계획해야 한다.

비용과 가용 자원은 다르다. 비용은 쓸 돈, 가용 자원은 쓸 수 있는 돈이다. 비용이 가용 자산을 넘어가면 안 된다. 나중에 펑계가 되기 때문이다. 만약 비용이 조금 부족한 경우라면 다시 첫 번째 단계로 돌아가기보다 비용 확보를 위해 노력하는 편이 좋다.

여덟 번째 단계는 시도 횟수와 기간을 정하는 것이다. 이 단계의 핵심은 '사전 결정'이다. 링에 오르기 전, 미리 시도할 횟수와 기간을 정해야 한다. 나중에 감정이 흔들릴 때 포기하지 않기 위해서다. 예를 들어 '6개월 동안 최소 10회 시도'라고 정하는 것이다. 실패하면 마음이 바뀌니까 미리 정하는 것이 중요하다.

아홉 번째 단계는 성과 검토다. 정해진 기간이 끝났을 때 얻은 것과 잃은 것을 비교하고, 이 사이클을 다시 반복할지, 아니면 전면 수정할지를 결정한다. 만약 얻은 것이 더 많았으면 첫 번째 단계로 돌아가 목표를 더 높게 잡으면 된다. 반대로 손실이 크다면 목표를 낮게 설정하고, 전략을 수정해야 한다.

"저는 이것밖에 안 되나 봐요."

단계를 넘기지 못하는 순간이 왔을 때 능력을 자책하지 말고, 자신을 과대평가했음을 인정해야 한다. 넘기지 못하는 문제의 발생 원인을 찾아야 한다. 원인을 해결하는 것을 새로운 목표로 설정하면 된다.

이 9단계는 단순한 이론이 아니다. 실제로 나는 이 과정을 통해 다양한 시도를 해봤고, 그중 상당수는 실패했지만 결정적으로 무너지지 않았다. 왜냐하면 처음부터 실패를 전제로, 다시 일어설 수 있는 구조를 만들었기 때문이다.

가장 중요한 건 이것이다. 모든 계획은 현실과 다르다. 하지만 계획이 없다면 현실 속 어디서부터 시작해야 할지조차 알 수 없다. 유연성, 임기응변, 실행력, 집중력 이 네 가지를 타고난 사람이라면 굳이 이 사이클이 필요 없을지도 모른다. 하지만 나처럼 그게 부족한 사람이라면, 명확한 계획과 단계별 실행이야말로 유일한 탈출구가 된다.

금수저가 부러웠던 시절을 지나, 이제 나는 후천적 금수저를 스스로 설계하며 살아가고 있다. 실패해도 다시 시도할 수 있는 환경을 내 손으로 만드는 것. 그것이 우리가 할 수 있는 가장 현실적인 반격이다.

평범한 사람이 부자가 되는
유일한 방법

세상에는 별다른 노력 없이도 부자가 되는 사람들이 실제로 있다. 정말로 그런 사람이 존재한다. 그런데 이들에게는 대부분 공통된 특징이 있다. 이들은 일반적인 사람이 가진 범위를 넘어서는 특별한 재능이나 선천적인 능력을 가지고 태어난 사람들이다. 머리가 뛰어나게 좋거나, 아주 특출난 재능을 가졌거나, 또는 경제적 성공에 유리한 뛰어난 유전자를 타고난 사람들이다.

이들은 실제로도 대충 살아도 부자가 된다고 말한다. 그리고 실제로 그렇게 살아서 부자가 된다. 하지만 이 말만 믿고 평범한 사람들이 그들을 따라 대충 살면 어떤 결과가 나올까? 평범한 사람들은 그렇게 하면 대부분 가진 돈을 전부 이들에게 빼앗기게 된다. 세상의 돈은 결국 상대적이다. 별다른 노력 없이도 돈을 버는 사람이 있다면, 반대로 별생각 없이 살아가는 사람들이 잃은 돈을 그들이 가져가는 것이다.

문제는 많은 사람들이 이 사실을 제대로 알지 못하거나 인정하지 않는다는 데 있다. 대부분 사람들은 자신이 평범한 사람이 아니라 특별한 재능을 가진 사람이라고 착각하거나 믿고 싶어 한다. 물론 어릴 때는 누구나 부모와 선생님, 주변으로부터 박수와 칭찬을 받으며 자란다. 그러나 현실 사회에서는 대부분의 사람들이 특별하지 않고 평범한 존재, 즉 '수많은 사람 중의 하나(one of them)'일 뿐이다.

이 사실을 인정하는 것이 성공의 진짜 출발점이다. 스스로가 특별한 재능을 타고난 천재가 아니라,

평범한 사람이라는 것을 인지하는 순간부터 진정한 변화가 시작된다. 내가 평범하다는 사실을 받아들이면, 앞으로 나아가기 위해 더 구체적인 계획과 현실적인 노력을 시작하게 된다. 그렇지 않고 계속 자신이 특별하다는 망상에 빠져 있으면 노력도 하지 않고 대충 살게 되고, 결국 진짜 특별한 재능을 가진 사람들에게 가진 돈과 기회마저 모두 빼앗기게 된다.

평범한 사람이라면 평범한 사람의 방식대로 살아야 한다. 즉, 치열하게 노력하고, 성실하게 배우고, 전략적으로 움직이며 살아가야 한다는 것이다. 실제로 대부분의 부자들은 자신이 특별히 뛰어난 사람이 아니라는 사실을 매우 빨리 깨닫고, 그런 자신의 평범함을 인정하고 받아들인 뒤 더욱 철저히 준비하고 노력해서 부를 이루었다.

결국 진짜 위험한 사람은 재능이 없는 사람이 아니라, 자신이 뛰어난 재능을 가졌다고 잘못 생각하고 대충 살아가는 사람이다. 재능이 없다면 성실함으로 살아야 한다. 남들보다 더 많이 공부하고, 더 철저히 준비하고, 더 신중히 행동해야 한다. 처음부터 특별한 재능을 가진 사람이 아니라는 사실을 인정하는 순간, 그것이 곧 진짜로 성공하고 부자가 될 수 있는 시작점이 된다. 아직까지 자신을 특별한 사람으로 착각하고 있다면, 그 생각부터 버려야 진정으로 성공할 수 있다.

거짓된 다짐을 반복하지 마라

"죄송합니다. 포기했습니다."

유튜브를 운영하다 보면 종종 이런 댓글이 달린다. 다이어트를 포기했다, 부동산 공부를 중단했다, 블로그 연재를 그만뒀다… 그리고 그 끝에는 꼭 "죄송합니다"라는 문장이 붙는다.

그 말을 볼 때마다 생각한다. 이 사람들은 대체 누구에게 사과하고 있는 걸까? 나일까? 하지만 나에게 미안할 이유가 없다.

미안해야 할 대상은 따로 있다. 아침마다 거울을 보며 당신에게 기대를 걸었던 바로 그 사람, 지금 이 순간에도 조용히 당신이 다시 일어서길 기다리는 유일한 존재, 당신 자신이다.

우리는 보통 신뢰를 잃은 친구와 거리를 둔다. 약속을 지키지 않는 사람에게 더 이상 기대하지 않는다. 그러면 스스로에게 한 약속을 반복적으로 어기는 사람은 어떻게 될까? 답은 뻔하다. 자기 자신을 믿지 않게 된다. 그리고 자신을 믿지 못하는 사람은 절대로 행복해질 수 없다.

실제로 하버드대학교의 연구에 따르면, 자기 원칙과 약속을 지키는 사람은 그렇지 않은 사람보다 우울증 진단 가능성이 21~51% 낮았다. 정신 건강과 삶의 만족도뿐 아니라 신체적 건강까지도 '약속의 이행 여부'에 따라 달라졌다는 이야기다. 자신과의 약속을 지킨다는 것은 우리 스스로를 지키는 방식이 될 수 있다.

그런데 많은 사람들이 잘못된 약속을 한다.

"이번 달에 무조건 매출 1,000만 원을 찍겠다."

이건 성과다. 100% 달성할 수 있는 형태로 바꿔야 한다.

"하루에 30분 공부한다."

"주 3회, 유튜브 영상 대본 1개씩 쓴다."

이건 내가 '지킬 수 있는' 행동이다. 성실성과 시간만 있으면 누구나 달성할 수 있는 자기 자신과의 진짜 계약이다. 약속은 무조건 지킬 수 있는 형태로 쪼개야 한다. 지킬 수 없는 약속은 결국 '자기기만'이 된다. 거짓된 다짐을 반복하지 마라. 계속해서 약속을 어기게 되면 어느 순간 자기 자신조차 믿지 못하게 된다.

"내일부터 할게."

"이번이 마지막이야."

"다음번에는 진짜 변할 거야."

사람들은 자기 자신에게 거짓말을 너무 쉽게 한다. 지킬 수 없는 약속을 자꾸 내뱉는다. 겉으로 봤을 때는 아무런 변화가 없지만 혼자 속으로 우울해진다. 자기 자신을 가장 먼저 실망시키게 되기 때문이다. 이걸 반복하면 스스로에게 사기꾼이 된다. 스스로의 말이 의미 없어지고, 결국 자존감은 무너진다.

가장 중요한 건 작은 약속을 하나씩 지켜가는 경험이다. 그 약속이 쌓이면 자기 자신을 믿는 힘이 생긴다. 그게 바로 진짜 자신감이다. 거창한 다짐은 필요 없다.

"나는 당장 100억 원을 벌 거야."

"나는 크게 성공할 거야."

이런 말들, 다 허언이 될 가능성이 크다. 작게 시작하라. 하루 10분 동안 글을 쓰는 것부터. 5분만 운동하는 것부터. '절대로 실패할 수 없는 수준'의 약속을 세우고 매일 실천하라. 누구에게도 미안해하지 말고, 단 한 사람에게만 미안해하라. 바로 자기 자신에게. 그리고 그 약속을 하루하루 지키며 스스로의 신뢰를 회복하라.

성공은 단지 돈이나 성과가 아니다. '나 자신을 믿는 힘'이다. 그게 생긴 순간부터, 인생의 방향은 완전히 달라진다. 이 글이 지금 누군가에게 단 하나의 '작은 약속'을 지킬 힘이 되었기를 바란다.

사람들은 자기 자신에게
거짓말을 너무 쉽게 한다.
지킬 수 없는 약속을
자꾸 내뱉는다.

겉으로 봤을 때는
아무런 변화가 없지만
혼자 속으로 우울해진다.

자기 자신을 가장 먼저
실망시키게 되기 때문이다.

이걸 반복하면
스스로에게 사기꾼이 된다.
스스로의 말이 의미 없어지고,
결국 자존감은 무너진다.

실패를 이기는
가장 현실적인 방법 다섯 가지

실패가 두려워 시작하지 못하는 순간이 온다면, 다음 다섯 가지 방법을 명확히 기억하고 실천하면 된다.

첫째, 남들의 평가가 두려우면 아무에게도 알리지 말고 혼자 조용히 시작하라. 내 계획을 굳이 주변에 공개할 필요가 없다. 혼자 시작하면 실패했을 때 남들의 시선이나 비웃음으로부터 자유로울 수 있다. 편안한 마음으로 여러 번의 도전을 반복할 수 있는 환경을 만들어라.

둘째, 실패로 인한 경제적 타격이 두렵다면 비용

을 최소화해서 작게 시작하라. 한 번의 실패로 큰 타격을 입지 않도록, 처음부터 많은 돈을 투입하지 말아야 한다. 작은 규모로 시작하고, 실패해도 버틸 수 있을 만큼의 비용만 사용하면 두려움 없이 다시 도전할 수 있다.

셋째, 시간 낭비가 두려우면 실패해도 배움이 남는 분야를 선택하라. 실패를 하더라도 그 과정에서 얻을 수 있는 지식과 경험이 있으면 시간이 허비되지 않는다. 경험이 남는다면, 실패는 곧 성장의 자산이 되어 다음 도전을 위한 밑거름이 된다.

넷째, 성과가 없을까 두려울 때는 검증된 성과를 철저히 벤치마킹하라. 이미 누군가가 성공한 방식이나 사례를 참고하여 따라 하면 실패할 확률을 크게 낮출 수 있다. 막연히 새로운 방법을 창조하는 것이 아니라, 검증된 성공 방식을 조금씩 응용하여 자신의 길로 만들면 훨씬 빠르게 성과를 얻을 수 있다.

다섯째, 경쟁에서 패배하는 게 두렵다면 경쟁자

가 관심을 갖지 않는 작은 시장부터 공략하라. 남들이 이미 몰려든 치열한 시장에서는 경쟁력을 갖추기 어렵다. 하지만 시장의 크기가 작고, 경쟁자들이 별 관심을 두지 않는 틈새시장을 찾으면 비교적 쉽게 승리할 수 있다. 그렇게 작은 시장에서 먼저 성과를 쌓은 뒤에, 그 경험과 자신감을 바탕으로 점차 더 큰 시장으로 나아가는 전략을 택하는 것이 훨씬 효과적이다.

대부분의 사람들은 이 다섯 가지 원칙을 모르고, 오히려 반대로 행동한다. 돈을 쉽게 쓰고 시간을 아끼며, 성과가 검증되지 않은 새로운 일에 무작정 뛰어들고, 이미 경쟁자가 가득한 큰 시장에서 무리하게 싸움을 벌인다. 이런 선택이 계속 누적되면 결국 삶은 점점 어려워지고, 실패에 대한 두려움만 점점 커진다. 위의 다섯 가지 원칙만 정확히 기억하고 실천하면, 실패에 대한 두려움은 자연스럽게 사라지고 원하는 성과를 얻을 가능성이 매우 높아진다.

인생은 한 번에 크게 도약하기보다는, 작고 현명한 선택을 반복할 때 진정한 성장을 이룰 수 있다.

노력은 나만의 무기가 아닙니다

　성공하는 사람과 성공하지 못하는 사람의 결정적 차이는 '노력'을 바라보는 관점에 있다. 성공하는 사람들은 노력을 기본값으로 여긴다. 그래서 실패하면 "내 노력이 부족했구나" 생각하고 더 열심히 한다.

　그러다 보니 결과가 자연스럽게 좋아지고, 언젠가는 성공에 도달하게 된다. 반면 성공하지 못하는 사람은 노력을 특별한 것이라 생각한다. 자신이 노력을 했다는 이유만으로 성공이 당연히 따라와야 한다고 믿는다.

그래서 노력했는데 결과가 나쁘면 억울해한다. 자기 잘못이 아니라 환경 탓, 남 탓을 하며 분노한다. 이러니 발전은커녕 제자리에서 맴돌 수밖에 없다.

노력을 기본값으로 생각하는 사람은 성공할 수밖에 없다. 환경이 바뀌면 그 환경에 맞춰 또 노력하고, 상황이 안 좋으면 더 노력해서 상황을 바꾸려 한다.

노력을 특별한 것이라 생각하는 사람은 실패할 수밖에 없다. 스스로가 너무 억울해서, 자기 잘못은 절대로 인정하지 않고 결국 그 자리에서 무너진다.

노력은 특별한 것이 아니라 당연한 것이다. 이 사실만 받아들여도 당신의 인생은 완전히 달라진다.

지겨운 시간을 무시하지 마라

내 인생이 암울했던 건 정말 의외의 이유 때문이었다. 우리는 하루에 9시간씩 일을 한다. 하루에 9시간씩 무슨 일을 하든 2~3년이 지나면 반드시 지겨워지고, 하기 싫어진다.

그건 지극히 자연스러운 현상이다. 그런데 나는 이 사실을 몰랐다. TV나 책에서 말하는 멘토들은 늘 말했다.

"하고 싶고, 좋아하는 일을 해라. 그렇지 않은 일을 한다면 인생 전체를 후회하게 된다."

내가 언제나 즐겁고 재미있고 좋아하는 일이 있

을 거라고 착각했다. 조금이라도 하기 싫고 지겨워
질 때마다 나는 이렇게 생각했다.

"이건 내 일이 아니야."

"내 적성에 안 맞는 일이야."

이런 식으로, 스스로 할 수 있는 모든 일을 포기
해버렸다. 그렇게 몇 년을 보내니 내 손에 남은 건
아무것도 없었다. 이제 와서 보니 정말 어리석은 일
이었다.

세상 어떤 일이든 매일 9시간씩 몇 년을 하면 반
드시 지겹고 하기 싫어진다. 이건 내 일이 아닌 게 아
니라, 그저 당연한 현상일 뿐이다. 지겹고 하기 싫다
고 해서 포기하면, 결국 인생에 남는 것은 아무것도
없다.

그냥 계속 해라. 지겨운 게 아니라, 내가 진짜 하
고 있다는 증거다. 그때를 버텨야 진짜 내 일이 된다.

눈에 띄지 않았지만
시간이 지날수록 빛나는 사람

초반에 주목받는 사람은 정해져 있다. 말을 잘하는 사람, 외모가 뛰어난 사람, 분위기를 휘어잡는 카리스마 있는 사람. 이들은 단기 프로젝트, 짧은 프레젠테이션, 빠른 결과가 필요한 순간에 강하다. 하지만 시간이 길어질수록, 판세는 완전히 뒤집힌다.

시간이 흐를수록 사람의 진짜 실력은 이 두 가지에서 판가름 난다.

성실성과 책임감.

외적인 매력은 시간이 지나면 익숙해지고, 말솜씨는 결국 신뢰를 대신할 수 없다. 작은 약속을 정확히 지키고, 힘든 일이 생겼을 때 책임을 회피하지 않으며, 묵묵히 자기 자리를 지키는 사람. 이런 사람은 시간이 지날수록 매력과 신뢰가 쌓인다.

실제로 미국 육군사관학교의 연구가 있다. 130개 소대, 수백 명의 신입생을 추적 관찰한 결과가 말해 준다. 처음에는 자신감 넘치고 말을 잘하는 리더들이 압도적인 인기를 끌었다. 그들은 빠르게 신뢰를 얻고, 주목받았다. 하지만 몇 달이 지나자 분위기가 바뀌었다. 진짜 신뢰를 얻은 사람은 말보다는 행동으로 보여주는 사람이었다. 규칙을 지키고, 책임을 회피하지 않고, 어려운 일에 앞장선 사람. 그들은 말이 없어도, 조용히 중심을 지켰고 결국 부하와 상관 모두에게 높은 평가를 받았다.

무책임하고 불성실한 사람은 아무리 외모가 뛰어나거나, 특별한 재능을 가졌거나, 말을 유창하게 잘하더라도 결국 사람들이 오래 곁에 두지 않는다. 처음에는 강렬한 매력을 느끼게 할지 모르나 시간이 지나면서 점점 신뢰를 잃게 되고, 결국에는 주변 사람들마저 지쳐서 떠나게 된다. 이는 그들이 가진 다른 어떤 장점으로도 채울 수 없는 결핍이다.

반면 책임감 있고 성실한 사람들은 자신도 모르게 사람들을 끌어당기는 특별한 힘을 가지고 있다. 이들은 삶의 순간순간을 가벼이 넘기지 않고, 작은 약속 하나도 허투루 하지 않는다. 단순히 자신만의 삶을 충실하게 살아내는 데서 멈추지 않고, 주변 사람들까지 불행이나 어려움에서 구해내는 능력을 가지고 있다. 성실함과 책임감이라는 덕목은, 주변에 어떤 고난이 찾아와도 흔들리지 않고 중심을 잡을 수 있는 강인한 힘을 만들어낸다.

이러한 사람들은 특별히 눈에 띄지 않더라도, 언제나 일상을 소중하게 여기고, 반복되는 하루를 가치 있게 가꾸어 나가는 법을 잘 알고 있다. 행복은 화려하거나 특별한 일상에서 오는 것이 아니라, 변함없이 지켜낸 일상 속에서 피어난다는 사실을 본

능적으로 이해하고 있다.

그들은 스스로에게 주어진 작은 책임과 성실한 습관들을 쌓아 올려 자신만의 단단한 행복을 지켜낸다. 그래서 이들이 지켜낸 일상은 작고 소박하지만, 오랜 시간 견고하게 유지될 수 있다. 이것이 바로 성실하고 책임감 있는 사람들이 지닌 가장 진정한 매력이다.

이제 질문해보자. 내가 성실성과 책임감을 무기로 삼는 사람이라면, 나는 지금 어디서 평가받고 있는가? 매번 새로운 사람과 짧게 만나는 환경이라면, 그 무기는 써보기도 전에 버려진다. 내가 마라톤 체질인데, 매번 100미터 달리기에서 평가받고 있다면 실패하는 게 당연한 일이다.

그러니 나를 바꾸기 전에, 환경을 확인해야 한다. 성실성과 책임감은 시간이 쌓여야 드러나는 자산이다. 초반 임팩트가 없는 것이 단점이 아니다. 오히려 시간이 흐를수록 기대치를 넘기 때문에, 사람들은 더 큰 신뢰와 안정감을 느끼게 된다.

가장 어리석은 선택은 장기적 역량을 가진 사람이 단기 성과에서 평가받으려 애쓰는 것이다. 그건 마라톤 선수가 100미터 달리기에서 꼴찌하고 인생을 포기하는 것과 같다. 정말 중요한 건, 당신이 어떤 무기를 가지고 있는지를 알고, 그 무기가 드러나는 경기장을 선택하는 것이다.

결국 시간을 이기는 사람은 단 한 명. 시간 속에서 신뢰를 증명한 사람이다. 그 중심에는 항상, 성실성과 책임감이 있다.

가장 어리석은 선택은
장기적 역량을 가진 사람이
단기 성과에서 평가받으려
애쓰는 것이다.

그건 마라톤 선수가
100미터에서 꼴찌하고
인생을 포기하는 것과 같다.

정말 중요한 건,
당신이 어떤 무기를
가지고 있는지를 알고,
그 무기가 드러나는 경기장을
선택하는 것이다.

이것저것 해본 것은 자랑이 아닙니다

내가 이것저것 다 해봤다고 자랑하기 시작하면, 내 인생이 제대로 꼬이고 있다는 신호다. 겉보기엔 다양한 경험을 쌓은 것 같지만, 사실상 아무것도 제대로 쌓이지 않은 것이다.

어떤 분야에서 제대로 인정받고 시장에서 통하는 성과를 얻으려면 최소한 5년이 필요하다. 30살부터 70살까지 40년 동안 우리가 할 수 있는 일은, 최대 8가지뿐이다. 그런데 이것저것 다 건드려 놓으면, 결국 제대로 된 성과 하나 없이 시간만 낭비하게 된다.

물론 이것저것 다양하게 도전하는 것이 꼭 나쁜 건 아니다. 하지만 시장에서 원하는 수준의 '인정받는 성과'를 만들고 싶다면, 그 분야에서 최소 5년은 꾸준히 시간을 투자해야만 한다. 간혹 몇 개월 만에 성공을 맛보는 사람이 있긴 하지만, 그런 사람은 극소수의 예외적인 경우일 뿐이다.

특히 직장인이라면 더 심각하다. 이 회사 조금 다니다가 저 회사 조금 다니고, 그럴듯한 이유를 대면서 자꾸 옮겨 다니는 사람들은 결국 한 회사에서도 제대로 인정받지 못한다. 안정적이고 인정받는 커리어를 쌓으려면, 최소 3~5년은 한 분야에서 확실하게 버텨야 한다.

30대 초반에는 그럴듯해 보이겠지만, 40살이 넘어가면서는 서서히 차이가 드러나기 시작한다. 이것저것을 했다고 자랑했던 사람은 결국 어떤 분야에서도 깊은 전문성을 얻지 못한 채 불안정한 경력만 남는다. 주변 사람들은 겉으로는 "다양한 경험이 있다"고 칭찬하지만, 속으로는 어떤 분야에서도 인정하지 않는다.

성공하려면 반드시 깊이가 필요하다. 깊이를 만들기 위해서는 반드시 시간이 필요하다. 시간은 한정되어 있고, 인생에서 우리가 제대로 투자할 수 있는 기회는 생각보다 많지 않다. 만약 당신이 진정한 성과를 원한다면, 이것저것 자랑할 게 아니라 최소한 5년 이상 한 가지 일에 온전히 집중해야 한다.

이것저것 경험했다고 자랑하지 마라. 그 말은 곧 내 인생이 아무것도 제대로 이룬 게 없다는 걸 자백하는 셈이다. 지금이라도 늦지 않았다. 내 인생에서 의미 있는 성과를 얻고 싶다면, 반드시 하나의 분야에서 적어도 5년을 버텨라. 결국, 시간이 쌓여야 성과가 남는다.

당신의 높은 실행력이
성공으로 이어지지 않은 이유

부자와 망한 사람은 겉보기엔 정반대처럼 보이지만, 놀랍게도 한 가지 공통점이 있다. 바로 '실행력'이다. 부자는 실행을 통해 돈을 벌었고, 망한 사람도 실행을 통해 실패를 경험했다. 실행 자체는 선도 아니고 악도 아니다. 핵심은 '어떤 실행이었는가', 그리고 '그 실행을 어떤 구조 안에서 했는가'다. 실행은 돈을 벌 수도, 전 재산을 날릴 수도 있다.

사람들은 실행이 어려운 이유로 확신이 없기 때문이라고 말한다. 맞는 말이다. 거듭 강조하지만, 확신이 없으면 실행하지 못하고, 실행하지 않으면 결과가 없고, 결과가 없으니 확신도 생기지 않는다. 확신을 가지기 위해서는 '작은 실행'부터 시작해야 한다. 하지만 이조차 쉽지 않다. 왜냐하면 현실 세계에서 실행은 대부분 '돈'을 동반하기 때문이다.

예를 들어 보자. 한 번 던져서 앞면이 나오면 10억 원을 벌고, 뒷면이 나오면 5억 원을 잃는 동전 게임이 있다. 확률적으로는 2.5억 원의 기대 수익이 발생하는 좋은 게임이다. 하지만 이 게임을 참여하기 위해선 5억 원을 잃을 준비가 되어 있어야 한다. 문제는, 대부분의 사람에게 그 5억 원이 '25년 직장생활의 전부'라는 것이다. 수학적으로는 해도 되는 게임이지만, 인생 전체를 걸기엔 리스크가 너무 크다.

그래서 진짜 실행력은 "그 게임을 하지 말자"가 아니다. "이 게임을 다른 사람에게 팔자"라는 생각으로 전환할 수 있는 힘이다. 내가 직접 참여하기엔 위험하니, 이 기회를 실행 가능한 자본가에게 상품으로 포장해서 넘긴다. 예를 들어, '앞면이 나오면 10억 원을 벌고, 뒷면이 나오면 5억 원을 잃는 게임'의 권리를 판매하는 것이다. 비용과 가격을 비교해서 상품화하는 것이다.

실제로 창업 투자 시장에서 이런 일은 일상이다. 예를 들어, 어떤 기술 스타트업이 있다. 직접 제품 생산부터 유통까지 하기엔 자금이 부족하다. 그래서 기술 특허만 등록해 놓고, 그 권리를 제조 가능한 중견기업에 라이선싱하거나 인수합병을 통해 넘긴다. 이 과정에서 창업자는 수십억을 벌 수 있다. 자본 없이도 실행력 있게 구조를 짜고 움직였기 때문이다.

또 하나 중요한 것은, 기회는 절대 '기회'라고 말해주지 않는다는 점이다. 고추 농장을 하는 지인이 고추를 싸게 줄 수 있다고 한다면, 대부분은 "나는 직장인인데 무슨 고추야"라고 넘긴다. 하지만 만약 그 고추의 단가가 시장 가격보다 현저히 낮고, 진짜라는 걸 확인할 수 있다면 어떨까? 식자재 업체에 납품할 수 있는 구조를 만든다면 그 자체로 수익을

낼 수 있다. 고추를 팔 생각이 없어도, 기획을 통해 돈을 벌 수 있는 길이 생긴다.

여기서 중요한 실행력은 단순한 용기가 아니다. 계산이고 전략이다. 계약서를 검토하고, 법률적 리스크를 분석하고, 필요하다면 펀딩 구조를 만들 수 있다. 실행력은 이런 복잡하고 너저분한 과정을 감내하는 힘이다. 진짜 실행력은 "해야겠다"라는 말보다, 실제로 계약서 초안을 뽑고, 마케팅 플랜을 작성하고, 초기 자금 확보 방법을 고민하는 것에서 나온다.

그리고 무엇보다 중요한 건, 삶이 텅텅 비어있을 때는 뭐라도 해야 한다는 것이다. 시간이 남아 있다면, 주저하지 말고 실행하라. 하지만 이미 삶이 프로젝트나 책임으로 꽉 찼다면, 그때는 '노(NO)'를 할 수 있는 실행력이 필요하다. 실행력은 무조건 예스만 외치는 게 아니라, 더 나은 선택을 위해 불필요한 기회를 거절하는 힘이기도 하다.

퀄리티 있는 실행력. 이것이 진짜 부자들이 가지고 있는 실행력이다. 무작정 덤비는 것도 아니고, 겁만 먹고 주저앉는 것도 아니다. 분석하고 기획해서 하나하나 실행에 옮기는 능력, 그게 돈을 만드는 실행력이다. "기회는 왜 나한테 안 와?"라고 묻기 전에, 지금 눈앞에 있는 '사소한 기회'라도 상품화해보라. 그 사소한 것이 나중엔 인생 전체를 바꾸는 기반이 된다.

4장

인생의 주인이
되어야 할 때

월급은 인생과 맞바꾼 돈이다

사람들은 월급을 쉽게 생각한다. 매달 또 나오니까 별생각 없이 소비하고, 금세 써버리고, 또 다음 달이 오면 새롭게 받을 수 있을 거라 착각한다. 하지만 명확히 말해두자. 다시는 같은 월급을 받을 수 없다. 같은 액수의 돈을 받을 수 있어도, 당신의 그 시간은 두 번 다시 돌아오지 않는다.

월급은 당신이 평생 벌 수 있는 것이 아니다. 그건 매월 돌아오는 일상이 아니라, 당신이 가진 한정된 삶을 바친 결과물이다. 다시 돌아오지 않는 시간을 팔아서 얻은 돈이다. 그걸 함부로 낭비하면, 결국 당신의 삶도 함께 낭비되는 것이다.

사람들은 흔히 말한다.

"돈은 쓰려고 버는 거 아닌가요?"

물론 맞는 말이다. 하지만 그 말이 의미하는 진짜 본질은, 돈을 현명하게 쓰라는 뜻이지, 아무 의미 없이 흥청망청 쓰라는 뜻이 절대 아니다.

사람들은 월급이 들어올 때마다 자신이 '한 달 동안 고생해서 번 돈'이라고 생각하지만, 사실 그 월급은 당신의 고생뿐 아니라, 당신의 '삶' 그 자체와 교환한 것이다. 월급을 아무렇지 않게 소비한다는 건, 내 한 달의 삶을 허투루 쓴다는 뜻이다. 그래서 월급을 쓸 때는 항상 물어야 한다.

"지금 내가 사는 이 물건이 그만큼 가치 있는 것인가?"

가령 300만 원짜리 명품을 산다면, "이 물건이 내 인생 한 달과 바꿀 만큼 가치 있는 것인가?"라고 진지하게 물어봐야 한다. 만약 아니라면 그 돈은 지켜야 한다. 그리고 다시는 일을 하지 않아도 나에게 꾸준히 돈을 벌어다 줄 수 있는 '자산'으로 바꿔놓아야 한다. 이자, 배당, 월세 같은 소득으로 지출을 대체해야 한다.

현금흐름이 중요한 이유는 명확하다. 돈을 어떻게 쓰느냐보다, 어떤 구조로 돈이 들어오느냐가 훨씬 중요하기 때문이다. 월급으로 사는 신발과 월세 수익으로 사는 신발은 같은 신발이 아니다. 하나는 내 인생 한 달의 결과이고, 다른 하나는 시스템이 벌어준 결과이다.

그래서 자산에서 나오는 수익이 없으면 금수저 옆에서 인생 망가지는 일이 벌어진다. 똑같이 월 1천만 원을 써도, 상대는 자산이 50억 원이 있어서 배당으로 쓰는 돈이고, 나는 전부 월급이라면, 5년, 10년이 지나고 차이가 폭발적으로 벌어진다. 외형은 같아도 본질은 다르다.

자산에서 들어오는 현금흐름이 내 생존을 책임지

는 순간부터 인생은 달라진다. 생활비가 전부 자산에서 나오면, 생필품이 공짜처럼 느껴진다. 밥도, 옷도 모두 시스템이 사주는 구조이다. 반대로 월급에 의존하는 삶은 불안정하고, 시간이 지날수록 체력이 떨어지면 감당하기 힘들어진다. 50대부터는 퇴근 후 여가도 힘들어지는 게 현실이다.

그렇다면 어떻게 준비할까? 네 가지 원칙이 필요하다. 첫째, 고정생활비를 정하고, 변동비까지 포함해 1년 단위로 계산한다. 둘째, 돈을 버는 데 쓰는 비용(광고비, 직원 고용, 사업 확장 등)에 투자한다. 셋째, 남는 돈은 반드시 자산을 지키는 곳에 넣는다. 넷째, 마지막으로 돈이 사라지는 곳, 즉 소비는 맨 나중에 온다.

이 순서를 반드시 지켜야 한다. 특히, 중위험 중수익 같은 애매한 금융상품은 피해야 한다. 잘 모르겠으면 예금만 해도 된다. 제일 위험한 건 모르면서 투자하는 것이다. 제대로 모르면 투자하지 말고, 공부를 먼저 해라.

준비된 사람과 준비되지 않은 사람은 외모, 건강, 인간관계, 삶의 질 모두에서 극명하게 갈린다. 실제로 내가 본 60대 중에서 현금흐름이 있는 사람은 여전히 멋을 낸다. 반대로 준비 안 된 분은 생존 자체가 빠듯하다.

지금 30대라면 늦지 않았다. 월급을 버는 그 순간부터, 현금흐름을 만드는 구조로 전환해야 한다. 월급은 소중하다. 하지만 영원하지 않다. 그러니 써버릴 게 아니라, 시스템으로 전환해야 한다. 자산이 내삶을 대신 책임지는 순간까지.

사람들은
월급이 들어올 때마다
자신이 '한 달 동안 고생해서
번 돈'이라고 생각하지만,
사실 그 월급은
당신의 고생뿐 아니라,
당신의 '삶' 그 자체와
교환한 것이다.

월급을 아무렇지 않게
소비한다는 건,
내 한 달의 삶을
허투루 쓴다는 뜻이다.

부자랑 어울리면
부자가 될 수 있을까

사람들은 흔히 "부자랑 어울리면 부자가 된다"라는 말을 믿고, 무리해서라도 부자와 친분을 유지하려고 한다. 물론 부자들과 어울리면 자극을 받고 성장할 수도 있지만, 현실적으로는 전혀 다른 결과가 나오는 경우도 많다. 특히 겉으로는 똑같이 버는 것 같아 보이지만 실제로는 전혀 다른 방식으로 돈을 버는 사람과 함께 어울리다가 인생이 망가지는 경우가 흔하다.

구체적인 예를 들어 보자. 30대의 두 친구가 있다고 생각해 보자. 두 사람 모두 세후 기준으로 월 1천만 원 정도 쓸 수 있다. 겉보기에는 완벽히 똑같은 상황이다. 그런데 한 사람은 월급으로 매달 1천만 원을 받는 사람이고, 다른 사람은 부모에게 물려받은 40~50억 원 규모의 주식에서 나오는 배당금으로 월 1천만 원씩 쓰는 사람이다. 겉으로 보면 둘 다 같은 소비를 하면서 충분히 잘 살고 있다고 착각할 수 있다.

처음엔 둘 다 명품 옷을 사고, 좋은 차를 사고, 비싼 식당을 찾아 다닌다. 이 시기에는 아무 문제가 없다. 둘 다 같은 생활 수준을 유지할 수 있다. 월급을 받는 사람도 "나도 부자 친구랑 비슷한 삶을 살고 있구나"라고 착각하게 된다. 그러나 시간이 지날수록 이 두 사람의 차이는 점점 더 심각하게 벌어지게 된다.

배당금을 받는 친구는 매년 다시 자동으로 '충전' 된다. 자신의 원금을 전혀 쓰지 않고, 매년 나오는 배당금으로 생활하기 때문에 시간이 지나도 그의 재산은 줄어들지 않는다. 오히려 시간이 갈수록 자산은 더 늘어난다.

반면, 월급을 받는 사람은 어떨까? 똑같은 수준의 소비를 유지하려면 계속해서 높은 월급을 받아야 하고, 저축은커녕 점점 소비 규모가 늘어나면서 자신의 자산은 점점 사라진다. 시간이 지날수록 오히려 돈이 더 부족해진다. 명품을 사고, 고급차를 타고, 좋은 곳에서 식사했던 습관은 쉽게 바뀌지 않는다. 습관을 바꾸려 하면 이미 늦었다.

결국, 배당으로 생활하는 친구는 시간이 흐를수록 더 부유해지고, 월급으로 생활하는 친구는 시간이 흐를수록 점점 가난해진다. 겉으로 보았을 땐 비슷했지만, 이들의 경제적 기반 자체가 근본적으로 달랐던 것이다. 결국 월급 받는 친구는 빚이 생기고, 소비 습관을 고치지 못해 삶의 질이 점점 하락하게 된다.

이 사례는 단순히 돈의 차이가 아니라 소비 습관

과 자산 구조가 얼마나 중요한지를 잘 보여준다. "부자랑 가까이 하면 부자가 된다"는 말이 무조건 맞지 않다는 사실도 여기서 명확히 드러난다.

부자와 친하게 지내려다 오히려 망할 수도 있다. 부자의 소비 습관을 따라갈 수 있는 사람은 처음부터 같은 수준의 자산을 갖고 있는 사람뿐이다. 그렇지 않다면 자신의 재정적 한계를 냉정히 인정하고, 현실적으로 소비를 조절할 수 있어야 한다. 그렇지 않으면 결국 시간은 나에게만 냉정한 현실을 보여줄 뿐이다.

돈 공부는 결국
인생의 속도를 바꾸는 일이다

　매월 200만 원씩 꾸준히 모았을 때, 자산 30억 원을 만들기까지는 어느 정도의 시간이 필요할까? 단순히 저축만으로는 사실상 불가능하다. 그러나 일정한 투자 수익률이 확보되면 충분히 가능한 목표가 된다. 구체적인 수치로 살펴보면 그 차이가 분명해진다.

　예를 들어 매월 200만 원을 투자하면서 연평균 8%의 수익률을 꾸준히 유지할 수 있다면, 약 30년 뒤에는 30억 원의 자산을 달성할 수 있다. 즉, 1년에 약 1억 원씩 모은 셈이 되는 것이다. 평범한 월급으로는 상상하기 어려운 금액이지만, 투자 수익률의 힘을 빌리면 가능해진다.

그런데 수익률이 조금만 달라져도 그 기간은 급격히 달라진다. 연평균 수익률이 5%로 떨어지면, 30억 원을 달성하는 데 약 40년이 걸린다. 만약 수익률이 3%로 더 낮아지면, 무려 52년이라는 시간이 필요하게 된다. 결국, 같은 금액을 매월 투자한다고 해도 수익률이 얼마나 중요한지 보여주는 사례다.

이렇게 보면 투자 수익률을 높이는 공부는 단순히 '돈 버는 방법'을 배우는 것이 아니라, '시간을 단축하는 방법'을 배우는 것이라고 봐야 한다. 사람들은 투자를 배우는 데 시간이 오래 걸린다고 말하지만, 오히려 투자를 제대로 익히는 것이야말로 인생에서 수십 년의 시간을 절약하는 가장 빠른 길이다.

물론 사람들은 의심하거나 반응이 극단적으로 나뉜다. 누군가는 "세상에 안정적으로 8%나 나오는 투자 상품이 어디 있냐?"며 냉소적으로 반응하고, 다른 누군가는 "겨우 8%만 유지하면 30년 후 30억 원이 가능하다고?"라며 놀라워하기도 한다. 바로 이 점이 투자의 흥미로운 부분이다. 같은 정보를 접해도 사람마다 전혀 다르게 받아들이는 것이다.

결국 중요한 것은 숫자의 힘을 이해하고, 높은 수익률을 얻기 위해 배우고 노력하는 사람만이 시간과 돈을 동시에 얻을 수 있다는 점이다. 같은 200만 원이라도 투자 수익률에 따라 인생은 완전히 달라진다. 투자를 배우는 일이 시간이 걸린다고 느껴진다면, 그것은 잘못된 착각이다. 오히려 제대로 투자 공부를 하는 것이야말로 인생의 가장 중요한 시간을 단축시키는 최고의 방법이다.

값싼 물건이 결국
가장 비싼 소비가 된다

소비를 줄이려고 무작정 값싼 물건을 사는 사람들이 있다. 하지만 이 방법은 대부분 실패한다. 싼 물건을 산다고 해서 소비가 줄어드는 것이 아니라, 오히려 소비가 늘어나는 악순환에 빠지게 된다.

값이 싸다는 이유만으로 산 물건은 오래 쓰지 못하고 불만족스럽기 때문에, 또 다른 값싼 물건을 사게 된다. 이런 식으로 소비가 계속 중복되어 결국에는 더 많은 돈을 쓰게 된다. 진짜 소비를 줄이고 싶다면, 다음의 다섯 가지 원칙을 꼭 실천해야 한다.

첫 번째, 반드시 필요한 물건의 리스트를 정확하

게 만들어라. 우리는 막상 어떤 것이 필요한지 정확히 모르고 지낼 때가 많다. 필요 없는 물건을 충동적으로 사지 않으려면 내가 진짜로 필요한 물건이 무엇인지 명확히 알고 있어야 한다. 리스트에 적혀 있지 않은 것은 절대 사지 않겠다고 스스로 약속하면 불필요한 소비는 현저히 줄어든다.

두 번째, 물건을 다 쓸 때까지 절대로 새로 사지 마라. 아직 쓰던 물건이 남아 있는데도 새로운 것을 사는 순간, 낭비는 시작된다. 비슷한 물건이 집 안에 계속 늘어나면 결국 모든 물건이 중복 소비로 이어져 쓸데없이 돈만 많이 들게 된다. 반드시 내가 가진 물건을 끝까지 다 쓴 후, 새 물건을 사야 한다.

세 번째, 물건을 다 쓰고 난 후에는 가장 만족도가 높은 것으로 구입하라. 약간 비싸더라도 제대로 된 제품을 사는 것이 장기적으로 훨씬 더 경제적이다. 처음에는 돈이 많이 드는 것 같지만, 결국 만족감이 높아 다시 다른 제품을 사지 않아도 되기 때문이다. 소비를 진짜로 줄이는 사람은 싸구려가 아니라 한 번에 제대로 된 물건을 고른다.

네 번째, 새로운 물건을 하나 추가할 때는 반드시 기존의 물건을 하나 처분하라. 새 물건을 살 때마다 기존 물건을 그대로 두고 추가로만 사들이면, 내 삶은 끝없이 물건으로 가득 차게 된다. 결국 소비 습관을 통제하지 못하고 계속 소비의 악순환에 빠지게 된다. 새 물건을 하나 살 때마다 이전 물건을 하나 버리거나 처분해야 한다. 그래야만 무한정 늘어나는 소비를 멈출 수 있다.

다섯 번째, 절대로 할부로 물건을 사지 마라. 할부는 실제로 내가 버는 돈과 내가 쓸 수 있는 돈의 차이를 크게 착각하게 만든다. 할부로 사면 당장은 부담이 적은 것처럼 느껴지지만, 결국 미래의 소비를 미리 당겨쓰는 것뿐이다. 내 수중의 현금으로 살 수 없는 것은, 원래 내가 감당할 수 있는 소비가 아닌 것이다. 현금이 없다면 살 자격이 아직 안 되는 것이라 생각하고, 반드시 현금을 모은 뒤에 사야 한다.

이 다섯 가지 원칙을 철저히 지키면 처음에는 소비 속도가 느려진다. 하지만 바로 그것이 진정한 내 소비 속도다. 이 원칙들을 정확히 지키는 것만으로도, 내 삶에서 무의미한 소비는 완벽히 사라지고 진정으로 만족스러운 소비만 남게 된다. 결국 이 습관이 나를 경제적 이득과 진정한 만족으로 안내하게 될 것이다.

우연의 일치로
부자가 되는 사람은 없다

부자들의 성공엔 반복되는 전조가 있다. 나는 수 백 명의 인터뷰를 통해 이걸 명확히 확인했다. 부자들의 초입에는 반드시 다섯 가지가 등장한다.

첫 번째는 '되겠다' 싶은 순간이 온다. 이건 감이 아니라 '하루 고객 두 자릿수'를 넘기는 순간이다. 누군가는 하루 10개, 10명 이상 주문이 들어오고, 그날부터 자본을 투입하기 시작한다. 고객이 확보되는 순간이다.

두 번째는 과부하 구간이 생긴다. 주문은 쏟아지는데 고용은 못 한다. 왜일까? 지금만 반짝일까 두

렵기 때문이다. 그래서 혼자 다 한다. 잠자는 시간을 줄이고, 밥을 빨리 먹고, 가족과의 여가 생활도 포기한다. 여기서 두 갈래 길이 생긴다. 크게 확장하기 위해 고용을 선택한 사람은 부자가 된다. 이익이 줄더라도 사람을 뽑는다. 반대로 그대로 혼자 하기로 결정하면, 생계형 자영업자로 남는다.

세 번째는 외로움과 마주한다. 일중독 상태로 진입하면서 타인의 삶에 관심이 사라진다. 뉴스도 드라마도 사람들과의 대화도 무의미해진다. 같은 목표가 아닌 이상, 대화 자체가 피곤해지고 결국 인간관계가 정리된다.

네 번째는 정 대신 실리를 택하는 순간이 나타난다. 마진을 더 많이 남기기 위해 공급처를 바꾸거나 직접 수입하거나 유통 단계를 생략한다. 마진을 높이지 않으면 부가 쌓이는 속도를 올릴 수가 없기 때문이다. 마진을 넓히는 데 성공하면 고용과 확장을 선택할 수 있다. 낮은 마진으로 확장을 시도하면 결국 빚만 지고 실패의 경로로 빠진다. 그래서 마진 확보는 부자되기의 필수 단계다. 이때 기존에 했던 사람들을 떠나보내는 순간이 오면서 "그 사람 변했다"는 말이 꼭 나온다.

다섯 번째는 소송이나 건물주와의 마찰 같은 관계적 마찰이 발생한다. 이걸 정면 돌파하려다 무너지느니 회피하고 다른 입지로 이동하게 된다. 식당이면 더 나은 자리로 옮기고, 쇼핑몰이면 더 빠른 물류센터로 이사한다. 이때부터 매출이 폭등하기 시작한다.

이 순서가 반드시 반복된다. 특히 첫 번째인 '두 자릿수 고객 확보'는 가장 중요한 진입 관문이다. 문제는 이걸 어떻게 시작할까? 내 답은 SNS다. SNS는 초기비용 없이 상품을 테스트할 수 있는 최고의 툴이다. 다른 사람과 똑같은 제품을 팔더라도 콘텐츠를 통해 차별화할 수 있기 때문이다.

예를 들어 건강기능식품을 판매한다고 생각해

보자. 무슨 성분이 들어갔는지, 어떤 효과가 있는지, 가격은 얼마인지를 분석해주는 영상을 올리며 해당 제품을 추천하는 것이다. 이미 영양제를 사기 위해 마음을 먹은 사람을 상대로 하면 훨씬 효과가 좋다.

초반에는 연습상품만으로 충분하다. 내가 직접 생산하지 않은 상품을 SNS 콘텐츠로 홍보하고 판매해보는 것이다. 이걸로 하루 열 명의 고객을 만드는 것이 핵심이다. 이후 이 상품의 도매처를 찾거나 직접 수입하면 마진을 확보할 수 있다. 여기서 얻은 고객 리스트, 매출 데이터, 영상 조회 수를 기반으로 다음 단계인 확장으로 간다.

부자들은 말한다.

"부자가 되기 전엔 반드시 외롭다."

"정과 실리 앞에선 실리를 택해야 살아남는다."

"첫 고용은 무섭지만, 그걸 넘으면 매출은 기하급수로 뛴다."

당신이 지금 일개미처럼 일하고 있다면, 고용 없

이 하루 두 자릿수 고객을 만들어보고, 마진을 넓히고, 외로움을 견디고, 관계를 정리하고, 마침내 확장하라. 그럼 다음 단계로 진입할 수 있다.

부자가 되는 건 우연이 아니라, 공통된 패턴을 이해하고 의도적으로 재현해내는 것이다.

열정을 지속하는 법

열정이 있을 때 반드시 해야 할 일은, 그 열정을 비전으로 전환하는 것이다. 많은 사람들이 이 차이를 모르고 열정만으로 끝내기 때문에, 결국 시간이 지나 다시 식어버리고 만다.

그럼 열정과 비전의 차이는 무엇일까?

첫째, 열정은 빠르게 타오르지만, 비전은 천천히 시간을 들여 자라난다. 열정은 금방 뜨거워지고 빠르게 식는다. 하지만 비전은 천천히, 그러나 지속적으로 성장하고 발전한다.

둘째, 열정은 흥분과 긴장감을 준다. 그러나 비전

은 마음 깊숙이 평화와 안정감을 가져다준다. 열정은 순간적으로 큰 에너지를 만들어내지만 금세 지쳐버리게 만든다. 비전은 꾸준히 마음을 지탱하고 앞으로 나아가게 만드는 힘이다.

셋째, 열정은 불안정하다. 그래서 자주 흔들리고 변덕스럽다. 하지만 비전은 시간이 흐를수록 신뢰를 쌓으며 흔들림 없이 내면 깊숙이 스며든다. 비전을 가진 사람은 하루 이틀의 결과에 휘둘리지 않고, 긴 호흡으로 목표를 바라본다.

넷째, 열정은 새롭고 신선한 자극을 추구한다. 하지만 비전은 꾸준히 반복되며 익숙해지는 과정 속에서 성장한다. 열정만 가진 사람은 자극이 없어지면 쉽게 포기하지만, 비전을 가진 사람은 꾸준한 반복을 통해 결국 그 분야에서 최고가 된다.

다섯째, 열정은 때로 무모하게 만든다. 하지만 비전은 성숙하게 판단하고 행동하도록 이끈다. 열정만 있다면 무리한 도전을 하고 쉽게 지치지만, 비전이 있는 사람은 현명하게 목표를 이루기 위한 현실적인 계획을 세운다.

열정이 찾아왔을 때, 그 열정을 반드시 비전으로 바꾸어라. 그래야만 그 열정이 오랫동안 지속되고, 결국 원하는 목표를 달성할 수 있게 된다. 열정을 비전으로 바꿀 수 있는 사람이 진짜로 성공하는 사람이다.

처음 성공한 그 방식,
계속 쓰면 망한다

　　내가 처음 사업을 시작했을 때, 처음에는 모든 것이 잘 풀렸다. 처음 작은 규모로 시작할 때는 내 방법이 정확히 맞아떨어졌다. 그래서 나는 그대로 하면 규모를 키워도 당연히 잘될 것이라 믿었다.

　　그런데 내가 망한 이유는 바로 거기에 있었다. 작은 규모에서 성공한 방식을, 큰 규모에서도 똑같이 하면 성공할 거라는 착각이었다. 작은 스케일에서는 가능한 일들이, 규모가 커지면 완전히 말도 안 되는 일이 되어버린다는 걸 그때는 알지 못했다.

　　예를 들어, 튜브를 띄우는 원리로 바다 위에 전함

을 만든다고 생각해 보자. 튜브와 전함 둘 다 물에 뜨지만, 튜브의 재질로 전함을 만들 수는 없다. 물 1리터를 끓이는 방법으로 바닷물을 전부 끓일 수 없는 것처럼, 규모가 커지면 완전히 다른 원칙이 작동하기 시작한다는 사실을 몰랐다.

이 작은 착각 하나로 내가 그동안 쌓아왔던 모든 것이 무너졌다. 규모가 달라지면 원칙이 달라진다. 작은 성과를 낸 그 방법이 더 큰 성과를 만들지는 못한다. 성공을 계속 이어가고 싶다면, 반드시 규모에 따라 새로운 방식을 찾아야 한다.

처음 성공했을 때 썼던 방법을 계속 고집하면 반드시 망한다. 작은 성공을 한 뒤, 규모가 커질 때마다 새로운 원칙을 반드시 다시 찾아내야 한다. 이것이 내가 잘나가다가 완전히 망하고 나서야 뼈저리게 깨달은 진짜 이유다.

사람만 많고 성과는 없는
회사의 공통점

회사를 운영하면서 월급을 주는 직원은 계속 늘었는데, 이상하게도 업무는 전혀 줄어들지 않았다. 오히려 시간이 지날수록 중요한 일은 자꾸 밀리고, 쓸데없는 업무들만 늘어나면서 회사가 점점 어려워졌다. 결국, 나는 회사에 많은 직원을 두고 있었음에도 불구하고 사업이 서서히 망가지는 경험을 했다. 나중에 돌이켜 보니 그 이유는 명확했다.

직원이 부족하다고 생각될 때마다 나는 계속 사람을 뽑았다. 직원 수가 많아지면 업무가 효율적으로 해결될 것이라 기대했지만, 현실은 전혀 달랐다.

직원 수는 늘어났지만, 생산성은 전혀 개선되지 않고, 중요한 업무들은 계속 정체되었다. 오히려 회사는 더 느리고 무겁게 움직였다.

이유를 찾기 위해 업무 프로세스를 하나하나 살펴봤다. 그때야 비로소 원인이 보였다. 핵심적인 업무를 담당하는 A팀은 사람을 아무리 늘려도 생산량이 거의 늘지 않았다. 왜냐하면 실제로 중요한 일들은 소수의 특정 직원에게 모두 집중되었고, 새로 뽑은 직원들에게는 중요하지 않은 잡무만 넘겨졌기 때문이다. 결국 인원만 많아졌을 뿐, 진짜 일을 처리하는 사람의 수는 늘어나지 않았다.

정말 심각한 문제는 이 '잡무'가 나중에 엄청난 관리 비용과 부담으로 돌아왔다는 점이다. 별로 중요하지 않은 일들을 처리하는 직원들의 수가 많아지니, 그 직원들을 관리하고 급여를 주는 데 비용만 점점 늘어났다. 반면, 진짜 중요한 일은 소수의 핵심 인력에게 몰려서, 그들이 처리할 수 있는 업무량의 한계 때문에 더 이상 회사가 성장하지 못하고 정체됐다.

이렇게 되면 회사의 생산성은 떨어지고, 회사는 서서히 망가질 수밖에 없다. 내가 망했던 이유는 명확했다. 업무의 핵심을 정확히 보지 못하고, 무작정 사람만 뽑아 잡무만 늘렸기 때문이다. 만약 나처럼 직원 수를 계속 늘리는데도 일이 해결되지 않는다면, 일단 핵심 업무의 프로세스를 다시 점검해야 한다. 중요 업무를 소수의 사람들에게만 몰아주는 구조는 반드시 정체를 일으키고 결국 회사를 망하게 만든다.

결국 인원을 늘리는 것보다 중요한 건 업무의 흐름을 정확하게 분석하고, 핵심 업무를 여러 직원에게 적절히 나눠주는 것이다. 그래야 진짜 업무량이 줄어들고 회사가 성장한다. 이것을 모르면 아무리 월급을 많이 줘도 결국 과거의 나처럼 망하게 될 수밖에 없다.

절대로 열심히 산다고 티 내지 마라

열심히 산다고 말하는 순간부터, 남들이 나를 평가하기 시작한다. 성과를 내지 못하면 "쟤는 열심히 하는데 왜 저 모양이냐?"며 비웃고, 성과가 작으면 "열심히 한다고 하더니 결과는 별거 없네"라며 무시한다.

실패라도 하면 "그럴 줄 알았다"며 조롱하기까지 한다. 진짜 힘든 건 열심히 하는 것 자체가 아니라, 그런 말들에 상처받고 자신감을 잃어버리는 것이다.

그러니 절대 열심히 사는 티를 내지 마라. 내가 얼마나 노력하는지, 얼마나 힘든지를 굳이 알리지 마

라. 열심히 하는 모습을 감추고 묵묵히 앞으로 나아 가라.

그렇게 하면 아무도 당신을 방해하지 않고, 조용히 남들보다 앞서 나갈 수 있다. 열심히 하는 티를 내지 않고 조용히 성공하는 것이, 인생을 가장 우아하고 효과적으로 사는 방법이다.

칭찬을 거절하지 마세요

겸손하라는 말을 듣고, 20대 초반의 나는 큰 착각에 빠졌다. 나는 아무것도 가진 것이 없었고, 이미 충분히 낮은 자리였다. 그런데 여기서 더 나를 낮춰야 하는 건가 싶어서 힘들었다.

그때는 겸손을 '스스로를 깎아내리는 것'이라고 생각했기 때문이다. 하지만 시간이 지나고 보니, 그게 아니었다. 겸손의 본질은 내가 가진 것을 깎아내리는 것이 아니라, 나를 인정해준 상대를 높이는 것이었다. 예를 들어 보자. 누군가가 나에게 칭찬한다.

"너 정말 잘한다."

"아니에요, 저는 진짜 아무것도 아닌데…."

이렇게 말하는 건 겸손이 아니다. 이건 오히려 칭찬해준 상대방의 안목을 낮추는 행동이다. 진짜 겸손은 나 자신은 그대로 둔 채, 나를 칭찬한 사람에게 공을 돌리는 것이다.

"제가 잘한 게 아니라, 제 작은 노력까지 알아봐주시는 눈이 대단하십니다."

이렇게 상대를 높여라. 이것이 진짜 겸손이다. 나는 제자리에 그대로 있고, 상대의 가치를 인정하고 높여주는 것, 이것이 진정한 겸손이다.

스스로 낮추지 않아도 된다. 나를 알아본 상대의 안목과 배려를 인정하고 높여주면, 결국 상대는 나를 더 높이 평가하게 된다.

겸손을 오해하지 마라. 겸손은 절대 자신을 낮추는 게 아니라, 상대를 높여주는 현명한 소통 방법이다.

열심히 벌었는데도
돈이 모이지 않았다면

　부자가 되는 데 걸리는 현실적인 시간을 착각하는 사람들이 너무 많다. 아무리 공룡 유전자라고 해도 몸을 만드는 데 2~3년은 걸린다는 사실은 너무나도 잘 인정한다. 수능 공부를 한다고 했을 때, 아무리 머리가 좋아도 2~3년은 공부해야 한다는 것도 잘 안다.

　그런데 유독 부자 되는 것에 대해서만큼은 6개월이면 충분하다고 착각한다. 이건 정말 말이 안 되는 생각이다.

　진짜 부자들은 하나같이 오랜 시간 동안 꾸준히

쌓아온 사람들이다. 어떤 사람들은 "돈은 별거 아니다", "돈은 아무것도 아니다"라고 쉽게 말한다. 하지만 실제로 돈을 벌어본 사람은 안다. 돈 버는 것이 결코 아무것도 아니지 않다는 사실을.

부자가 되기 위해 필요한 것은 세 가지다. 바로 시간, 강도, 그리고 질이다.

많은 사람이 그저 오래 하면 된다고 생각한다. 하지만 산책을 매일 30년 한다고 해서 몸이 근육질로 커지지는 않는다. 걷기와 근육이 생기는 운동의 강도와 질은 완전히 다르기 때문이다. 돈도 똑같다. 매일 돈을 벌고 있어도 자산이 늘어나지 않는다면, 당신은 지금 돈 버는 일을 하고 있는 게 아니라 그냥 시간만 쓰고 있는 것이다.

그러면 지금 당장 돈 버는 방법의 강도와 질을 바꿔야 한다. 진짜 부자가 되기까지는 시간이 반드시 걸린다. 보통 최소한 2~3년에서 5년, 길게는 10년 이상의 시간이 필요하다.

하지만 그 시간이 쌓이면, 당신은 다른 사람들이 꿈꾸는 경제적 자유를 얻을 수 있다. 그러니 6개월 만에 부자가 되는 환상을 버려라.

꾸준히 시간을 투자하고, 강도와 질까지 갖춰서 돈을 벌어야 진짜 부자가 된다. 이 현실을 빠르게 받아들일수록, 당신의 인생은 더 빠르게 달라질 것이다.

티끌 모아 티끌일 수도 있습니다

돈을 모으기 위한 방법은 사실 딱 두 가지뿐이다. 하나는 수입을 늘리는 것이고, 또 하나는 지출을 줄이는 것이다. 사람들은 대부분 이 두 가지를 동시에 잘 해내려고 노력한다.

그런데 솔직히 말하면, 이 두 가지를 동시에 완벽하게 하기란 현실적으로 불가능하다. 처음에는 누구나 지출부터 줄이려 한다. 줄이고, 아끼고, 최대한 절약해서 돈을 모으려고 애쓴다. 하지만 어느 순간부터는 지출을 줄이는 데 분명한 한계가 나타난다.

더 이상 줄일 수 없는 지점에 다다르면, 방법은 단 하나뿐이다. 바로 내 수입을 늘리는 것이다. 이제 더 이상 지출을 줄일 방법이 없다는 걸 인정해야 한다. 내가 금수저가 아니라면, 아무리 소비를 통제해도 한계가 있다. 아낄 수 있는 만큼 아꼈다면, 이세 남은 방법은 오직 내 능력을 키워 수입을 높이는 것뿐이다.

많은 사람이 수입을 늘리려고 하지 않고, 이미 줄일 만큼 줄인 소비에서 더 줄일 방법을 찾으려고만 한다. 하지만 그것은 점점 더 자신을 초라하게 만들 뿐이다.

진짜 부자가 되는 사람들은 이 현실을 일찍 인정한다. 더 이상 줄일 수 없는 소비 앞에서 고민하지 않고, 오히려 수입을 더 늘리는 쪽으로 빠르게 전환한다. 지출 통제로 부자가 되는 데는 명확한 한계가 있지만, 수입을 늘리는 데는 한계가 없다.

당신이 정말 경제적으로 성장하고 싶다면, 지금

당장 이 현실을 인정해야 한다. 줄일 수 없는 소비를 계속 고민하지 말고, 당장 내일부터라도 수입을 늘릴 수 있는 방법을 찾아 움직여라.

지출 통제로
부자가 되는 데는
명확한 한계가 있지만,
수입을 늘리는 데는
한계가 없다.

경제적 자유보다 더 중요한 것

아직 경제적 자유를 절대 좇지 마라. 적어도 당신이 내 몸 하나 정도는 스스로 먹여 살릴 능력인 '경제적 자립'을 확실히 갖추지 않았다면, 경제적 자유를 꿈꾸는 건 위험하다.

지금 '경제적 자유'라는 말이 너무 유행처럼 번지고 있지만, 현실을 봐야 한다. 경제적 자유는 내 몸 하나 충분히 먹여 살릴 수 있는 능력이 갖춰진 후에나 시도할 수 있는 목표이다.

내 몸 하나 책임지지 못하는 상태에서, 갑자기 경제적 자유를 꿈꾸는 것은 마치 기초 체력 없이 마라톤 풀코스에 도전하는 것과 같다. 기초 체력이 없는데 갑자기 뛰면 어떻게 될까? 당연히 쓰러지고 만다.

내 몸 하나 먹여 살리는 능력이라는 것은 특별한 것이 아니다. 남들이 인정하는 직장에서 버틸 수 있는 능력, 일을 끝까지 밀고 가는 성실함과 끈기, 그리고 작은 어려움에도 포기하지 않는 꾸준함이다. 이런 기본기가 없는 상태에서 단지 유행처럼 경제적 자유를 좇다 보면, 결국 이도 저도 아닌 상태로 인생 전체가 망가질 수 있다.

경제적 자유라는 것은 기초를 제대로 갖추고 난 이후에 도전해야 한다. 기본적인 생활력을 먼저 갖추지 않고 경제적 자유만을 목표로 삼는다면, 결국 공허한 환상 속에서 시간만 낭비하게 된다.

경제적 자유를 진심으로 원한다면, 먼저 내 삶을 책임질 수 있는 기본 능력부터 키워라. 그것을 갖추고 난 후라야 비로소 진정한 경제적 자유를 향한 첫걸음을 내디딜 자격이 주어진다.

방법이 아니라
행동이 인생을 바꾼다

충격적이지만, 강의 팔이로서 진실을 이야기하겠다.

사람들은 흔히 이 강의를 들으면 이 강의가 맞는 것 같고, 저 강의를 들으면 또 그 강의가 맞는 것 같다고 한다. 그래서 이리저리 강의를 옮겨 다니며 계속 시간을 허비한다. 결국 강의에서 말하는 어떤 방식도 끝까지 실천하지 않고, 실제로 성과를 내지도 못한 채 돈과 시간만 날려 버린다.

솔직히 말하면, 꼭 내 강의를 듣지 않아도 상관없

다. 중요한 건 강의를 듣느냐 마느냐가 아니라, 한 번 들었으면 그 강의를 끝까지 믿고 해보는 것이다. 진짜 성과를 낸 사람이 있다면, 그 사람의 방식을 믿고 적어도 끝까지 한번 제대로 시도해봐야 한다.

중간에 조금만 의심스럽거나 잘 안 된다고 해서 이리저리 바꾸기 시작하면, 정말 아무것도 손에 남지 않는다. 나 역시 수많은 사람들에게 강의를 팔아봤지만, 이 강의, 저 강의 계속 갈아타는 사람치고 성공한 사람을 본 적이 없다. 바꿀수록 점점 더 돈만 쓰게 되고, 결국 아무것도 이루지 못한다.

이 강의, 저 강의를 계속해서 들으며 새로운 비법을 찾는 사람들은 사실 이미 답을 알고 있다. 이미 알고 있는 그 방법조차 제대로 하지 않고 새로운 방법만 찾아 헤매는 것이다. 알고 있는 것과 실제로 하는 것은 완전히 다르다. 내가 강의 팔이로서 분명하게 말해줄 수 있는 단 하나의 진실은 이것이다.

"하나의 강의를 선택했으면 반드시 끝까지 실천

하고, 그 강의에서 말한 방법을 완벽히 내 것으로 만든 뒤에 다른 강의를 들어야 한다."

하나의 방법을 제대로 끝까지 실행하지 않고, 새로운 방법만 찾아다니는 사람은 결국 돈과 시간, 둘 다 잃고 만다. 진짜 성과를 낸 사람의 방식 하나만 완벽히 따라 해도 충분히 원하는 결과를 얻을 수 있다. 중요한 것은 새로운 방법을 아는 것이 아니라, 지금 당장 그 방법을 진짜로 실행하는 것이다.

더 이상 강의의 유혹에 흔들리지 말고, 선택한 하나를 끝까지 믿고 제대로 실천해라. 그것이야말로 진정으로 성과를 내고 성공하는 유일한 방법이다.

에필로그

2016년, 2017년 그 시절의 나에게 꼭 해주고 싶은 말이 있다.

그때의 너는 월 2천만 원, 3천만 원, 많아봤자 월 5천만 원 정도가 너의 한계라고 생각했다. 실제로 그때 너는 그 정도만 되어도 인생이 크게 성공한 것이라고 믿었고, 그것만으로도 충분하다고 생각했다.

그런데 이제 와서, 그때를 지나와 보니 그건 너의 진짜 한계가 아니었다. 지금의 나는 그때 상상했던 것보다 훨씬 더 많은 것을 해냈고, 그때의 목표는 너무 작고 귀여웠다는 걸 깨닫는다.

네가 지금 목표로 잡고 있는 그것, 월 몇천만 원의 수입 같은 건 너의 진짜 한계가 아니다. 그보다 훨씬 더 높고 멀리 갈 수 있으니까, 겨우 그 정도의 목표로 스스로의 가능성을 가두지 마.

나는 그 시절의 네가 더 큰 꿈을 꾸고 더 자신감을 가졌으면 좋겠다. 인생에서 가장 아쉬운 순간은 목표가 너무 작아서 금방 이루고, 더 큰 목표를 세울 걸 하고 뒤늦게 후회할 때니까. 앞으로 너는 네가 생각했던 것보다 훨씬 많은 것을 이룰 것이고, 네가 한계라고 생각했던 지점도 아주 가볍게 넘어갈 수 있을 것이다.

네가 생각하는 너의 한계는 진짜 한계가 아니다. 훨씬 더 멀리, 더 높이 갈 수 있다. 지금의 내가 증명하니까 걱정 말고, 그 작은 목표에 안주하지 말고, 더 멀리 바라보라고 꼭 얘기해주고 싶다.

혹시, 돈 애기해도 될까요?

초판 1쇄 발행 2025년 5월 28일

지은이 주언규
펴낸이 김상현

콘텐츠사업본부장 유재선
출판1팀장 전수현 **책임편집** 김승민 **편집** 주혜란 심재헌
디자인 권성민 김예리 **마케팅** 이영섭 남소현 최문실 김선영 배성경
미디어사업팀 김예은 김은주 정영원 정하영
경영지원 이관행 김준하 안지선 김지우

펴낸곳 (주)필름
등록번호 제2019-000002호 **등록일자** 2019년 01월 08일
주소 서울시 영등포구 영등포로 150, 생각공장 당산 A1409
전화 070-4141-8210 **팩스** 070-7614-8226
이메일 book@feelmgroup.com

필름출판사 '우리의 이야기는 영화다'

우리는 작가의 문체와 색을 온전하게 담아낼 수 있는 방법을 고민하며 책을 펴내고 있습니다.
스쳐가는 일상을 기록하는 당신의 시선 그리고 시선 속 삶의 풍경을 책에 상영하고 싶습니다.

홈페이지 feelmgroup.com **인스타그램** instagram.com/feelmbook

ISBN 979-11-93262-55-9(03810)